COLLECTION PANACHE

TOME 2

LE TRÉSOR DES SIRÈNES

STÉPHAN BILODEAU,

DANY HUDON ET

ELISE SIROIS-PARADIS

ADA ÉDITIONS

Éditeur : François Doucet
Directeur de collection : L.P. Sicard
Révision éditoriale : L.P. Sicard
Révision linguistique : Féminin Pluriel
Correction d'épreuves : Émilie Leroux, Nancy Coulombe
Illustrations de la couverture et de l'intérieur : Mylène Villeneuve
Conception de la couverture : Mathieu Caron-Dandurand
Images de la couverture : © Getty images
Mise en pages : Guillaume Provost
ISBN papier : 978-2-89786-762-1
ISBN PDF : 978-2-89786-763-8
ISBN ePub : 978-2-89786-764-5
Première impression : 2018
Dépôt légal : 2018
Bibliothèque et Archives nationales du Québec
Bibliothèque et Archives Canada

Éditions AdA Inc.
1385, boul. Lionel-Boulet
Varennes (Québec) J3X 1P7, Canada
Téléphone : 450 929-0296
Télécopieur : 450 929-0220
www.ada-inc.com
info@ada-inc.com

Diffusion

Canada :	Éditions AdA Inc.
France :	D.G. Diffusion Z.I. des Bogues 31750 Escalquens — France Téléphone : 05.61.00.09.99
Suisse :	Transat — 23.42.77.40
Belgique :	D.G. Diffusion — 05.61.00.09.99

Imprimé au Canada

Participation de la SODEC.
Nous reconnaissons l'aide financière du gouvernement du Canada par l'entremise du Fonds du livre du Canada (FLC) pour nos activités d'édition.
Gouvernement du Québec — Programme de crédit d'impôt pour l'édition de livres — Gestion SODEC.

Catalogage avant publication de Bibliothèque et Archives nationales du Québec et Bibliothèque et Archives Canada

Bilodeau, Stéphan, 1967-, auteur
La lignée des dragons, cataclysme / Stéphan Bilodeau, Dany Hudon, Elise Sirois-Paradis.
Sommaire : tome 1. La guilde des murmures -- tome 2. Le trésor des sirènes.
Public cible : Pour les jeunes de 10 ans et plus.
ISBN 978-2-89786-759-1 (vol. 1)
ISBN 978-2-89786-762-1 (vol. 2)

I. Hudon, Dany, 1991-, auteur. II. Sirois-Paradis, Elise, auteur. III. Bilodeau, Stéphan, 1967- . Guilde des murmures. IV. Bilodeau, Stéphan, 1967- . Trésor des sirènes. V. Titre.

PS8603.I465L532 2018 jC843'.6 C2018-941373-5
PS9603.I465L532 2018

TABLE DES MATIÈRES

CHAPITRE 1 **CAMILLE ET DELLA** 1

CHAPITRE 2 **LA QUÊTE** 17

CHAPITRE 3 **L'EMBAUCHE** 41

CHAPITRE 4 **À BORD DU PÉLICAN** 61

CHAPITRE 5 **LE BATEAU FANTÔME** 79

CHAPITRE 6 **CONFLIT SUR LE PONT** 99

CHAPITRE 7 **L'OMBRE DES MERS** 117

CHAPITRE 8 **CANONS ET CONFRONTATIONS** 133

CHAPITRE 9 **DANS LES PROFONDEURS** 147

CHAPITRE 10 **DEUIL ET RETROUVAILLES** 163

CHAPITRE 11 **UN CADEAU INESTIMABLE** 177

CHAPITRE 12 **L'AFFRONTEMENT** 195

CHAPITRE 13 **LA DURE RÉALITÉ** 211

ÉPILOGUE 229

GLOSSAIRE 233

REMERCIEMENTS

Tout d'abord, un immense merci à Mylène Villeneuve, dont les superbes illustrations illuminent ce tome.

Nous aimerions particulièrement remercier notre sympathique équipe de testeurs de tous âges: Dominic Turcotte, André Turcotte, Bianca Bilodeau, Jessyca Bilodeau, Jeanne Cantin, Pierre-Luc Bélanger, Audrey-Anne Bélanger, Karine Mayrand, Alexia Perreault, Maïssane Perreault, Olivier Saint-Martin, Fabienne Saint-Martin, Éliane Sigouin, Samuel Gagné, J-Philippe Laurin, Antoine Martin, Jeremy Laflamme, Lily-Ann Bessette, Carl Leblanc, Émilie Leblanc, Annie Champagne, Maïka Chabot, Karen McRea, Julie Fortin, Mathilde Rivard, Zaphia Prince, Manon Vigneault, Pierre-Luc Delisle et Jessica Thouin.

www.facebook.com/LaLigneeDesDragons/

CHAPITRE 1
CAMILLE ET DELLA

Un poète a dit un jour que si l'on n'avait besoin que d'un livre pour raconter son histoire, c'est que l'on n'avait pas assez vécu. Je ne sais pas à quel chapitre de mon existence je suis rendue, mais je crois avoir déjà pu noircir plusieurs pages.

Nous sommes de retour depuis deux semaines. Nous profitons d'un repos qui nous fait le plus grand bien. Celle qui en a le plus profité, c'est Maria. Les dragons d'eau ont pu la soigner et l'aider à se rétablir. Elle n'est pas encore en assez bon état pour aller combattre Lornic elle-même, mais se venger de lui semble être son désir le plus cher.

Je suis actuellement à son chevet, dans l'hôpital des dragons. Ils l'ont installée dans une sorte de cuve de pierre où des runes sont gravées dans le marbre. Sa tête aux nombreux tentacules repose sur un oreiller de laine de farovac et son corps flotte à la surface de l'eau chargée en énergie guérisseuse. Les marques noires qui constellaient son corps se sont révélées être des traces de corruption et de blessures magiques qui lui ont été infligées par Lornic et ses sbires. Après deux semaines de purification, la moitié a déjà disparu, libérant sa peau bleutée aux taches luminescentes.

DragOR est venu la voir plusieurs fois pendant sa convalescence afin de recueillir les informations qu'elle possédait sur Lornic, cet être qui cause le chaos dans le Temps en y semant la corruption et la noirceur. Pour ma part, je me suis abstenue de la questionner, préférant la laisser respirer.

J'ai quand même fini par comprendre quelques petites choses. Sa dimension, comme la nôtre, a été attaquée par Lornic, un être surpuissant venu d'on ne sait où. Au prix d'immenses sacrifices, son peuple a réussi à recueillir des informations et gagner du temps. Suffisamment de temps pour mettre au point un appareil capable de fermer la brèche entre sa dimension et la leur.

— *Je me suis tout de suite portée volontaire pour la mission. Je savais que ce serait sans retour, mais je ne pouvais pas laisser ce monstre continuer à détruire tout ce que j'aimais. Je suis une guerrière et je me devais de défendre les miens. Nous avons été une dizaine à pénétrer dans sa dimension. Il ne nous voyait pas comme des menaces. Il jouait avec nous, il se moquait de nous. Pour lui, nous étions des insectes. Sa dimension était vide et sombre. Sans air, sans terre et sans eau, son atmosphère était oppressante. Des ruines des univers qu'il avait déjà consommés y flottaient. Il a pris plaisir à nous en présenter quelques-unes avec tous les détails macabres… Et puis nous avons repéré la brèche et pris nos positions. Il nous regardait faire avec amusement, il ne se doutait pas de ce qui se préparait. Finalement, nous avons vraiment eu de la chance qu'il ne nous prenne pas au sérieux. Quand il a réalisé ce que nous préparions, il a envoyé ses créatures nous arrêter, mais il était trop tard. Nous avons activé la machine et, dans une implosion d'énergie, la brèche s'est refermée. Ceux qui étaient les plus près d'elle ont été réduits à néant, les autres ont connu une fin horrible aux mains des créatures. J'ai été la seule à en réchapper. Lornic était furieux. Son univers a tremblé de sa colère pendant des mois. Je me suis réfugiée dans les ruines d'une construction étrange, à l'abri du regard de ses créatures. Il savait que j'étais là, mais il n'a pas pris la peine de me chercher. Même après que nous avons déjoué ses plans, il a continué de me considérer comme une moins que rien. Encore une fois, ça m'a sauvé la vie. Honnêtement, je pensais mourir de mes blessures, de faim ou de soif… Mais j'ai réalisé que c'est le genre d'univers où l'on peut beaucoup souffrir, mais ne pas en mourir pour autant. En fait, je crois avoir compris que l'on ne peut tout simplement pas mourir là-bas. Pas si l'on n'est pas mortellement blessé. Le temps y est comme… Suspendu… J'aimerais être plus précise, parce que les sensations étaient vraiment particulières, mais je ne trouve pas les mots. Je ne pourrais pas dire combien de temps j'ai attendu là… J'ai vraiment eu l'impression d'y passer des milliers d'années. J'ai plusieurs fois pensé retourner mon arme contre moi, tellement j'étais désespérée… Mais une nouvelle faille s'est finalement ouverte. Je m'y suis jetée. L'endroit où j'allais atterrir m'importait peu, du moment que je quittais cet horrible monde cauchemardesque…*

— Et c'est là où tu es tombée sur la Guilde des Murmures. Ils t'ont recueillie en te prenant pour un cadeau de leur nouveau maître.

— *Exactement. Et vous m'avez sauvée. J'ai une dette incommensurable envers vous.*

Je prends doucement sa main dans la mienne ; le contact avec l'eau chargée de magie bénéfique me chatouille un peu.

— Tu aurais fait la même chose pour moi, Iref ou Sir, j'en suis sûre…

— *J'imagine…*

La voix télépathique de mon amie se tait dans ma tête. Je laisse sa main et je me lève.

— Je vais te laisser, Maria. Tu dois encore te reposer.

— *Peut-être… Mais ne m'appelle plus Maria, s'il te plaît. J'ai bien réfléchi. Je ne veux pas d'un nom que les serviteurs d'un monstre m'ont donné.*

— D'accord… Quel était ton nom ? Dans ta dimension ?

— *En fait… Nous ne portions pas de nom, chez moi. Comme nous ne communiquions que par télépathie, nous savions toujours de qui il était question par les sensations et les images. Je comprends qu'ici il m'en faut un. Je ne veux simplement pas que ce soit celui que ces assassins m'ont donné.*

— D'accord… Heum… Laisse-moi réfléchir… Tu as une… préférence pour une sonorité ?

— *Non, pas vraiment. Qu'importe le nom que je vais porter, ça va me faire étrange d'en avoir un. Alors ça peut être n'importe lequel. Du moment que ce n'est pas Maria.*

— D'accord.

Mine de rien, choisir un nom c'est une grande responsabilité. Elle le portera sans doute pour le reste de sa vie.

Des dizaines de noms me viennent en tête. Certains complètement farfelus, d'autres pas très inspirés, quelques-uns trop banals pour être considérés. Une petite étincelle vient à mon esprit me disant que « Méduse » pourrait être appropriée. Cette créature légendaire de la Grèce antique portait des serpents à la place des cheveux, ça rappelle tout à fait les tentacules de mon amie.

Bien que le nom soit quand même pertinent, je n'aime pas l'idée d'associer mon amie à un être maudit par les dieux qui pétrifiait les gens d'un seul regard. Il lui faudrait un nom plus ordinaire, plus accessible ; après tout, notre objectif est de l'intégrer.

J'ai une autre petite étincelle, gorgée de nostalgie.

— Heum… Je ne sais pas si… Est-ce que « Camille » ça te plairait comme nom ?

— *Oui, pourquoi pas ? Comme je te le dis, qu'importe le nom, ça va me faire bizarre dans tous les cas.*

— D'accord. Alors, ce sera Camille !

Je souris et, en même temps, mon cœur se serre un peu. Camille était le nom de ma meilleure amie en l'an 5000. Une humaine que j'adorais et qui ne me faisait pas sentir différente. Du haut de ses 30 ans, j'avais l'air d'une adolescente à ses côtés, mais on s'entendait comme les deux doigts de la main.

— Bon… Je te laisse te reposer. À demain !

— *À demain.*

Je quitte la pièce et je me fraie un chemin dans l'immense bâtiment de soins. Bien que les couloirs ne soient pas particulièrement animés, je longe les murs de près pour éviter de me faire écraser par une patte écailleuse — une habitude que je suis bien forcée de prendre dans ce monde où, pour les habitants, je suis de la taille d'un casse-croûte.

Il ne me reste qu'un couloir à franchir pour atteindre l'extérieur, quand je tombe nez à nez avec un autre fantôme du passé :

— Salut ! cousine, ça fait longtemps. Je t'ai manqué ?

Je me fige de surprise et d'horreur : mon cousin éloigné, Ébrisucto, descendant des dragons noirs, est devant moi à me regarder en souriant, accoté au mur :

— Allons, ne fais pas cette tête ! Je reviens de ma mission et j'avais envie de te dire bonjour. On m'a dit que tu serais ici.

Je sors de ma transe, mais reste crispée, dents et poings serrés. Ébrisucto et sa sœur, Della, étaient nos grands ennemis lors de notre première série de voyages temporels. J'ai beau savoir que maintenant nous sommes du même côté, je ne peux toujours pas le voir autrement qu'un rival.

— Et moi je n'ai aucune envie de te voir ! Quelle idée tordue t'est encore passée par la tête pour me surprendre comme ça, hein ?

— Te surprendre ? Mes excuses ! Ce n'était pas mon intention. Je ne savais pas qu'il était possible de te dérouter à ce point… N'avais-tu pas des visions, aux dernières nouvelles ?

J'ai envie de lui faire ravaler son maudit sourire.

— Excuse-moi, mais j'ai mieux à faire !

Je passe devant lui pour m'en aller quand il me saisit le bras. Je tente de lui donner un coup de poing, qu'il bloque sans problème.

— Puisque tu le portes, j'imagine que tu es en paix avec tout ça, hein ?

— Puisque je porte quoi ? De quoi parles-tu ? Lâche-moi !

Il me lâche et s'accote au mur à nouveau, se croisant les bras en me fixant.

— Le bracelet de cuir de ma sœur. Tu ne dois plus t'en vouloir de l'avoir tuée si tu le portes…

Pendant un instant, j'ai l'impression que mon sang se fige dans mes veines. Je porte bien un large bracelet de cuir au poignet ; je l'ai trouvé dans le coffre de ma chambre. Est-ce celui de Della ? Celui dont elle se servait pour cacher son tatouage de dragon noir ?

— Oh !… Tu ne l'avais pas reconnu ? J'imagine que la brosse non plus. Tu sais, celle qu'elle a utilisée pour brosser tes beaux cheveux alors que tu étais sous notre emprise, quand nous étions encore sous le dôme. C'est moi qui ai laissé ces objets dans ta chambre. Je me suis dit que ça te rappellerait de bons souvenirs…

Son sourire a quelque chose de sadique. J'oscille violemment entre la rage et l'envie de pleurer. Ma respiration s'accélère et mes poings ne savent plus s'ils veulent rester serrés ou être portés à mon visage pour cacher mes larmes. Finalement, je pars en courant sans demander mon reste.

*

Je suis au sommet d'une colline en pente douce, couverte d'une multitude de fleurs aux longs pétales rouges tombants, striés de minces lignes noires aux vagues harmonieuses. Il n'y a pas le moindre vent, mais le soleil de midi est doux.

Une main à la peau chaude et soyeuse attrape la mienne. Une main dont le poignet est orné d'un tatouage de dragon noir.

Quand je lève les yeux vers son visage, je vois une sirène qui me regarde en souriant, ses cheveux ondulant dans le courant marin. Elle m'emmène vers le fond de l'océan en nageant avec grâce.

Autour de moi, des bulles brillantes remontent vers la surface, des bulles si étincelantes qu'on dirait des perles de lumière. Je tente d'en attraper une, mais mes doigts se referment sur un pendentif de corail décoré de symboles de nacre.

★

Je me réveille calmement de ce rêve étrange. La nuit est tombée. J'ai pleuré jusqu'à m'écrouler de fatigue. Ne voulant pas être dérangée, j'ai même gelé ma porte pour que mes deux hommes comprennent bien qu'ils ne devaient pas approcher. D'ailleurs, le sol de ma chambre est maintenant couvert de glace fondue, mais je la fais rapidement s'évaporer d'un simple mouvement de main. Je ne suis même pas sûre de la manière dont j'ai couru jusqu'ici sans me faire écraser, mais ça n'a pas la moindre importance. Tout ce dont je me souviens, c'est d'avoir violemment remis la brosse et le bracelet de Della, si ce bijou est vraiment le sien, au fond du coffre pour ne plus les voir.

Je me lève de mon lit et passe mon rideau de cuir pour profiter de la brise nocturne sur mon balcon. Pleurer m'a fait du bien, mais j'ai toujours un goût amer dans la bouche.

Della et son frère m'ont hypnotisée, empoisonnée, manipulée et séquestrée… Toutefois, lorsque j'ignorais encore leurs arrière-pensées douteuses, c'était des cousins agréables. Même que j'adorais passer du temps avec Della.

Mes doigts se crispent sur la rambarde. Ces pensées contradictoires concernant mes cousins me hantent depuis la mort de Della, mais ma rencontre avec Ébrisucto les a complètement ravivées.

Je voulais attaquer son frère, elle s'est interposée… Mes lances de glace lui ont été fatales…

Je dois me retenir de crier : mes poings martèlent la rambarde de pierre de toutes mes forces, mais je ne parviens qu'à me faire mal. Je me détourne de la nuit, complètement exaspérée, les nerfs à vif. Je vais finir par exploser si je ne fais pas bientôt quelque chose pour m'occuper le corps et l'esprit. Je bous intérieurement, sans savoir comment exprimer ce désir de combattre l'invisible dans l'espoir qu'il me renvoie mes propres coups et que ceux-ci pulvérisent ce qui me fait si mal. Quand l'ennemi n'est pas tangible, ni vraiment réel, mais qu'il vous ronge de l'intérieur, on ne peut que se sentir impuissant.

— Adria ? Est-ce que tout va bien ?

Je sursaute à la voix de mon frère et me tourne vers lui.

— Iref! Bon sang… J'ai cru faire une crise cardiaque !

— Je ne sais pas si c'était une crise cardiaque, mais pour être en pleine crise, ça, tu l'étais… Qu'est-ce qui s'est passé ?

Il saute de son balcon au mien. Je le regarde dans les yeux. Son regard est doux et inquiet. J'ai encore cette envie de crier et de me débattre contre moi-même, mais je n'ai plus de larmes à verser. Je préfère tout lui raconter ; ce sera déjà mieux que l'envie de me jeter contre un mur pour taire mes démons.

— Je… J'ai vu Ébrisucto à l'hôpital… Il m'attendait dans un couloir…

Mon frère paraît scandalisé :

— Que… Le salopard ! Je vais le…

Il se tait brusquement quand je me jette dans ses bras pour le serrer de toutes mes forces. D'abord surpris, il me rend l'affection, me caressant la tête comme lorsque j'étais petite.

— Il… Della… Je… je…

Il m'interrompt :

— Chut… Ça va… Je commence à comprendre… Ce n'est rien. Tu n'as pas besoin de continuer… Je sais que tu l'aimais. C'était un peu la grande sœur que tu n'as jamais eue. Moi aussi j'ai de bons souvenirs avec eux… Avant que ces histoires de voyage dans le Temps ne commencent, ils étaient sympas. Ils ont voulu suivre leurs racines et c'est là que tout a dérapé… Calme-toi, je suis là.

Collée sur son torse, à écouter son cœur battre, je me détends tranquillement. Mes larmes sont toujours à sec, mais mon tourment intérieur s'apaise. Je me revois petite fille, dans les bras de mon grand frère qui ne refusait jamais de me raconter une histoire avant de me coucher ou de chasser les vilains monstres de sous mon lit. Les souvenirs brisés font place à d'autres, plus doux.

— Merci d'être là, grand frère…

— Je ne voudrais être nulle part ailleurs, Dragma…

C'est le retour du vieux surnom… Il me paraît complètement ridicule, maintenant. Mon frère m'avait baptisée comme ça avant l'apparition de mes pouvoirs. Malgré mes cheveux bleu et mauve, comme le vrai gamin qu'il était, il s'était obstiné à croire que j'allais être une dragonne de feu, comme lui, et il m'avait trouvé ce surnom inspiré du magma des volcans. En dépit de son erreur, il a continué de m'appeler par ce surnom idiot. La tête brûlée des dragons rouges, j'imagine… Mais je l'aime comme ça.

Je continue de profiter de sa tendresse. C'est exactement ce qu'il me faut en ce moment.

— Dis-moi… Pourquoi n'agis-tu pas plus souvent de cette manière ? Pourquoi as-tu autant changé depuis l'an 5000 ? Pourquoi es-tu toujours sur le dos de Sir ?

Il ricane.

— Hé ! C'est ton prétendant ! Il veut me voler ma p'tite sœur ! Il doit bien en payer le prix, non ? S'il ne voulait pas m'avoir sur le dos, il n'avait qu'à lire les p'tits caractères !

Après quelques secondes de silence, j'éclate de rire. C'est tout simplement libérateur !

Mais pauvre de moi… Ces deux-là n'ont pas fini de s'asticoter !

⋆

J'ai passé le reste de la nuit à discuter avec mon frère. Nous avons évoqué beaucoup de souvenirs, surtout de nos parents. Il m'a aussi beaucoup taquiné en me posant des questions personnelles sur ma relation avec Sir. Quand il allait trop loin dans ses questionnements, il le comprenait rapidement avec le glaçon qui apparaissait et coulait doucement le long de son dos dans un grand frisson désagréable.

Au déjeuner, un message de DragOR nous attendait sur la table : nous devions le rencontrer dans la salle dorée.

Après avoir mangé et nous être habillés, Iref, Sir, JA-311 et moi avons répondu à l'invitation. Le regard de Sir questionnait clairement sur ce qui s'était passé la veille, mais je préférais attendre un peu avant de lui en parler.

La salle dorée est en quelque sorte le bureau de DragOR au sein du bâtiment où se trouve la salle du Grand Conseil. Chaque représentant des différentes races de dragon possède sa propre maison sur la Grande Place ; lui, il a un bureau dans la construction la plus sacrée de la capitale de l'Atlantide. Bon, nous, nous y avons une maison, mais comme on peut nous caser dans un placard à balais, ce n'est pas vraiment comparable.

Quand nous entrons par l'entrebâillement de la porte, DragOR nous regarde avec un sourire.

— Merci d'être venus si rapidement. Vous pouvez vous asseoir. J'ai des nouvelles à vous transmettre.

Il nous désigne des chaises à notre taille qu'il a fait poser sur une estrade qui lui arrive au garrot pour que nous soyons un peu plus à l'aise en lui parlant. Monter l'escalier est un peu long, mais il est agréable de ne plus avoir à systématiquement lever la tête pour parler avec notre ami. Une fois que nous sommes installés, il poursuit :

— Pendant votre dernière mission en Italie, nous avons envoyé votre cousin Ébrisucto en Amérique du Sud avec deux dragons et des instructions similaires. Il est revenu hier matin. Le Grand Conseil s'est réuni toute la journée pour analyser les nouvelles informations sur Lornic et ce que votre cousin a rapporté.

Il prend alors un énorme coffret qu'il ouvre devant nous. Perdu au milieu de l'étoffe de velours noir qui en tapisse le fond, se trouve l'étrange fragment de verre à la lueur dorée et couvert de symboles étranges que nous avons ramené de notre voyage. Et, juste à côté, un deuxième fragment extrêmement semblable.

— Ébrisucto a lui aussi trouvé un fragment comme le nôtre ? s'étonne Sir.

— Oui, jeune elfe. Natsunor a eu une intuition en réalisant quels endroits étaient ciblés par Lornic et il a chargé votre cousin d'en avoir le cœur net. Cette intuition était bonne et nous avons maintenant une bien meilleure idée de ce que veut cette chose.

DragOR referme le coffret et le range dans son immense bibliothèque.

— Je croyais que Maria… Je veux dire Camille — elle veut qu'on l'appelle Camille, maintenant. Je croyais que Camille vous avait déjà appris que tout ce que veut Lornic, c'est dévorer notre univers.

DragOR a un léger soupir.

— Oui, Adria. Le but ultime de cette entité, en ce qui nous concerne du moins, est de consommer notre réalité pour gagner en puissance. Il est lui-même un être-univers à l'appétit insatiable… Du moins, c'est ce que les sages de l'univers de votre amie Camille en ont compris. Mais, heureusement pour nous, ce n'est pas aussi simple pour lui. Pour dévorer notre monde, il doit d'abord pouvoir pénétrer complètement en lui, donc agrandir la faille entre sa dimension et la nôtre. C'est pour cela qu'il utilise l'influence qu'il a déjà chez nous pour créer des bouleversements négatifs et contre nature. C'est ainsi que la faille s'agrandit : quand des déséquilibres perturbent l'espace-temps.

— Raison de plus pour l'arrêter et contrecarrer ses plans ! lance fougueusement Iref. Hors de question de laisser ce… Ce truc nous anéantir !

— Bien d'accord avec toi, tonton ! l'encourage JA en sautillant d'un pied à l'autre sur sa chaise.

— Mais quel est le rapport avec ces morceaux de verre ? questionne Sir. Lornic les chercherait-il ?

DragOR acquiesce.

— C'est ce que nous pensons. Nous croyons que Lornic tente de trouver et de détruire ces fragments, car ils sont ceux de la Sphère d'Équilibre.

Nous restons tous quelque peu interdits face à cette révélation. Je jette un œil aux autres pour confirmer que je ne suis pas la seule à être dans l'incompréhension totale.

— Et c'est quoi, la Sphère d'Équilibre ? demande notre petit robot avec sa tonalité d'enfant.

— La Sphère d'Équilibre est une sorte de noyau d'énergie magique primaire. Elle garantit l'équilibre et la cohérence de l'énergie de la dimension. Nous, les dragons, l'avons jadis fragmentée afin de pouvoir stabiliser la faille entre notre dimension et celle de la Terre lorsque nous avons caché l'Atlantide du regard des humains, il y a de cela de nombreuses années.

Certains fragments sont en Atlantide, mais la plupart sont sur la Terre. Nous croyons que Lornic craint que nous rassemblions les fragments et que nous reformions la Sphère d'Équilibre. Car, ainsi, nous pourrions la réactiver et réparer la faille qui communique entre les dimensions.

— Quoi ? Ce serait si simple, s'étonne Iref.

— Je crois que tu parles un peu vite, le beau-frère… On doit trouver les fragments, empêcher Lornic de commettre des actions qui vont corrompre le Temps et agrandir la faille, et, c'est quand même important, survivre au milieu de tout ça.

Je trouve que ça en fait beaucoup à avaler, mais je me dois de seconder Sir dans son raisonnement :

— Sir a raison, Iref. Même si on sait maintenant quoi chercher, on ne peut pas juste arriver, prendre le fragment et repartir. On doit aussi minimiser l'impact de Lornic. Ça ne se fait pas en criant ciseau…

— Exactement, continue DragOR. Votre mission se simplifie autant qu'elle en devient complexe. Mais maintenant que nous voyons plus clair dans le jeu de notre ennemi, nous allons tout faire pour le prendre de court. Le Grand Conseil va de nouveau se réunir en soirée pour vous choisir une nouvelle destination.Vous êtes invités à y participer. À la suite de votre premier succès, vous avez la possibilité d'intervenir. Soyez toutefois prévenus : Ébrisucto sera aussi présent.

Iref me jette un coup d'œil et Sir semble songeur. Pour ma part, un malaise me prend au cœur, mais je suis sûre d'une chose : cette séance du Grand Conseil sera intéressante.

CHAPITRE 2

LA QUÊTE

Comme DragOR nous l'a proposé, nous assistons à la rencontre du Grand Conseil. Nous avons des chaises installées juste devant le siège de notre ami. Je dois avouer que j'ai un peu peur qu'il utilise le socle creux de métal qu'il a à sa disposition pour faire respecter le silence lorsque nécessaire. Vu sa proximité, le fracas qu'il risque de produire nous crèverait certainement les tympans ! Heureusement, cela ne semble pas utile dans l'immédiat. Je vais tout de même proposer un changement de place pour la prochaine fois.

Ébrisucto, pour sa part, est installé devant les dragons noirs. Il y a aussi un dragon rouge supplémentaire avec les siens, une belle jeune humaine près de Matéops qui, je l'imagine bien, est un dragon des montagnes métamorphosé ; Camille, près des dragons d'eau, qui se repose dans une sorte de bain étant, en réalité, un simple bol pour les dragons ; et flottant juste à côté de mon cousin, une étrange créature verte sans jambes.

Pendant la réunion, plusieurs autres dragons, dont Zuntis, le sage dragon blanc responsable de la chambre du Temps, lieu où l'on peut suivre l'avancée de Lornic et de ses dégâts, viennent prendre la parole pour aider le Grand Conseil à statuer sur la prochaine destination des deux équipes. DragOR nous a dit que nous pourrions intervenir, mais l'occasion ne se présente pas, et l'envie, encore moins.

En fait, j'ai même un malaise à être présente à cette assemblée. On parle toujours de nous comme si nous n'étions pas là, et, surtout, nous sentons bien dans les propos tout le poids de la mission qui pèse sur nos épaules. Je crois que j'aurais simplement préféré être mise au courant du résultat plutôt que d'assister au processus.

Ébrisucto et le reste de son équipe restent également silencieux. Par contre, Camille m'impressionne par sa volubilité. Sa télépathie parvient à tout le monde sans problème et elle transmet énormément d'informations en peu de temps. Bien qu'on la sente encore faible, elle ne semble pas intimidée par les immenses créatures qui l'entourent. Je ne peux m'empêcher de me demander comment elle fait.

Après moult interventions, il est décidé que les deux fragments les plus urgents à récupérer sont celui qui a été confié au peuple des sirènes et un autre qui est entre les mains des griffons. Ébrisucto se voit confier la mission auprès des griffons. Il doit se rendre dans les années 730, sur une chaîne de montagnes escarpées de l'ouest. Dans notre cas, en raison de mon lien avec les dragons des eaux, nous devrons nous occuper des sirènes. Lornic semble les menacer dans les années 1590, ce sera notre destination.

La réunion se conclut sur cette note. Nous devrons partir dans quelques jours après avoir fait des recherches et nos préparatifs.

Personnellement, j'ai mal à la tête après cette longue assemblée. Je vois Camille se faire ramener à l'hôpital par les dragons d'eau. Je la sens fatiguée, mais pas seulement physiquement ; elle en a sans doute marre d'être affaiblie. Ça se comprend, même si après des années de souffrance, je crois que je prendrais mon mal en patience pour guérir.

— Bonjour ! Je me présente, je m'appelle Maïva.

Je me retourne pour voir la dragonne des montagnes à l'apparence humaine serrer la main de Sir.

— Bonjour. Je m'appelle Sirendenvel Bradayaly, mais vous pouvez m'appeler Sir.

Mon charmeur de petit copain lui fait un baisemain avec son sourire séducteur habituel. Il finit tout de même les présentations :

— Et voici, bien sûr, Adria, Iref et JA.

— Oui, merci. Tout le monde vous connaît ! Je suis dans la deuxième équipe de voyage dans le Temps. Ça a vraiment été une expérience extraordinaire pour moi ! J'ai adoré mettre en pratique mes connaissances sur les humains. Bien sûr, ça n'a pas été de tout repos, mais je suis heureuse d'être en première ligne pour défendre notre monde !

Elle nous serre la main à tous avec un sourire. Elle me semble sympathique et j'ai une bonne impression la concernant. Déjà, elle a l'air de bien mieux tolérer la pression que moi.

— Ébrisucto n'est-il pas trop un boulet ? demande Iref sans le moindre filtre.

— Oh !… Pas vraiment. Certes, il est un peu individualiste dans ses choix, mais sinon, Cluff est souvent bien plus lourd que lui.

— Hé ! Qu'est-ce que tu racontes encore sur moi, hein ?

Celui qui est probablement le dénommé Cluff s'avance vers nous. C'est, sans surprise, le dragon de feu qui s'est ajouté pour la réunion. Sa taille laisse penser qu'il est un jeune adulte. Je trouve quelque peu curieux que les Anciens semblent préférer l'énergie de la jeunesse à la sagesse de l'expérience… Mais on ne peut pas vraiment dire que notre propre équipe est construite sur l'ancienneté, alors j'imagine qu'ils ont voulu reprendre le même moule. On ne change pas une formule gagnante.

— Je leur explique à quel point c'est lassant de te voir toujours foncer dans le tas, plutôt que réfléchir ! Si ça se trouve, ces pauvres griffons vont finir en grillades sans avoir rien demandé !

Maïva rigole devant son compagnon en train de bouillir en la fixant. Je veux bien croire que derrière cette humaine aux traits enjoués se cache un dragon haut de plusieurs mètres, mais comme elle est actuellement de notre taille, j'ai un malaise à la voir taquiner un mastodonte pouvant cracher du feu. Décidément, j'ai vraiment du mal à me faire à ces différences de tailles.

— Je ne suis pas complètement idiot non plus ! Je sais me contrôler !

— Relaxe, tout feu tout flamme ! Je blaguais !

Elle lui tapote le museau comme si de rien n'était. Cluff semble se retenir de grogner.

— Eh, vous deux ! Arrêtez de discuter, on doit se parler !

C'est Ébrisucto qui rappelle à l'ordre ses compagnons. Cluff tourne la tête vers lui pour expirer des étincelles par les naseaux, n'aimant visiblement pas se faire commander par le demi-dragon noir. Maïva se contente de rouler les yeux.

— On arriiiiiiiiiive !

Elle nous salue une dernière fois :

— J'espère que l'on va avoir d'autres occasions de se parler, je meurs d'envie de mieux vous connaître ! Bonne chance pour votre mission ! Allez, viens Cluffy !

Le dragon rouge gronde :

— Sais-tu qu'avec la taille que tu fais, je pourrais juste ouvrir la gueule et t'avaler ?

Les deux compagnons vont finalement rejoindre leur partenaire, qui les mène hors de la salle. Dès qu'ils sont hors de notre vue, Sir se met à rigoler :

— C'est bien la preuve que tous les dragons de feu se ressemblent ! Hi, hi, hi !

— Eh, oh, l'elfe ! J'peux savoir ce que ça veut dire ?

— Je crois, tonton Iref, que Papa sous-entendait que ton caractère et celui de monsieur Cluff présentent des similitudes notables sur l'échelle des émotions et de la personnalité.

— C'est tout à fait ça, fiston ! Hé, hé, hé !

Iref soupire, exaspéré. Ça me fait sourire. À la suite de notre discussion au cours de la nuit précédente, je sais que ses emportements sont, la plupart du temps, un jeu plus qu'autre chose.

— Pardonnez mon intrusion, mais puis-je également me présenter à vous ?

Je sursaute avant de me retourner. Derrière nous se trouve la créature verte qui escortait Ébrisucto. Il a le torse d'un humanoïde, mais sa peau est vert émeraude. Les traits de son visage sont anguleux. Il porte de nombreux bijoux en or, un turban et une ceinture en tissu en dessous de laquelle il n'y a pas de jambes, mais des volutes de fumée qui semblent rattachées à son corps. Il nous regarde et s'incline profondément.

— Oh, mille excuses, je ne voulais pas vous effrayer. J'étais simplement curieux de vous rencontrer. Maître Ébrisucto m'a tellement parlé de vous… Je me prénomme Djaminn.

Sa voix a quelque chose d'étrangement suave et envoûtant, mais elle pousse aussi ma méfiance à s'installer. Je n'ai pas l'impression qu'il est dangereux et, en même temps, je doute que l'on puisse réellement lui faire confiance.

Sir, pour sa part, ne semble pas trop s'en soucier et il nous présente à nouveau, toujours souriant :

— Enchanté, Djaminn. Je m'appelle Sir. Voici Iref, Adria et JA. Mais dites-moi… Serait-il indiscret de vous demander… ce que vous êtes ?

— Oh, c'est une curiosité, ma foi, tout à fait légitime, cher elfe. Je suis un djinn. On m'appelle aussi, de manière plus courante, un génie. Je suis au service de maître Ébrisucto.

— Et pourquoi le sers-tu, hein ? demande Iref assez sèchement.

— Oh, disons simplement, et j'espère que vous me le pardonnerez, que j'ai mes raisons.

Après avoir aussi vaguement répondu à Iref, il se tourne vers moi et s'incline :

— Sachez, belle dame des eaux et des vents, qu'un génie peut exaucer quasiment n'importe quel souhait… N'y a-t-il rien que votre cœur pourrait désirer ?

Me voilà prise au dépourvu. J'ai surtout la drôle d'impression que, depuis le début, c'est surtout à moi qu'il désire parler. Je crois que Sir l'a senti aussi, à en juger par le regard qu'il jette à Djaminn. Iref, lui, ne semble tout simplement pas l'apprécier.

— Euh… Je… je ne crois pas, non…

— Voilà qui est dommage.

Il s'approche tout de même de moi et me prend la main. Je ne la retire pas, bien que je sois mal à l'aise.

— Mais les belles dames méritent de belles choses… Acceptez au moins ceci de ma part…

Il passe sa main sur mon poignet et un bracelet d'or décoré de saphirs et d'émeraudes y apparaît.

— Parfait. Il va merveilleusement bien avec vos yeux hétérochromes…

— Euh… Je…

Je n'ai pas le temps de répliquer qu'il recule pour s'incliner à nouveau :

— Je dois m'en retourner auprès de mon maître. Ce fut un réel plaisir. À la prochaine.

C'est alors qu'il disparaît sans laisser de traces. Je reste hébétée et regarde le bracelet qu'il vient de me donner.

— Ce génie ne me dit rien qui vaille… gronde Iref. Et je ne dis même pas ça à cause de son « maître »… En plus, il utilise des mots compliqués pour paraître intelligent…

— Hétérochrome, tonton, est le fait d'avoir deux yeux de couleurs différentes. Ce n'est pas naturel chez les humains, alors que chez certains animaux…

— OK, JA, j'ai compris, merci…

— Moi je n'aime pas trop qu'il offre des cadeaux à ma douce, mais je suis plutôt curieux de savoir ce que sont ses pouvoirs, laisse tomber Sir. Et d'en apprendre plus sur cette histoire de souhaits m'intéresse.

— Dans le folklore islamique, les djinns ou génies sont des esprits plus ou moins facétieux et malins qui, selon la légende, peuvent exaucer trois vœux pour leurs maîtres, nous informe JA. Mais moi, je préfère les génies comme Léonard de Vinci ! La science, c'est beaucoup mieux que la magie, oui-oui !

— Mouais, continue de croire ça, la boîte de conserve ! lance Iref.

— Merci pour les explications, JA, le remercie Sir. Adria, je suis curieux : je peux voir le bracelet qu'il t'a donné ?

— Oh !… Oui, bien sûr…

J'essaie de retirer le bijou, mais il est trop petit pour que je puisse le passer par ma main. Je le retourne pour chercher une attache… Mais il n'y en a pas ! Il est soudé à mon poignet !

⋆

Je n'ai pas réussi à retirer le bracelet offert par Djaminn. Il est loin d'être encombrant, mais c'est tout de même énervant. Iref a proposé de le faire fondre, mais j'ai préféré le laisser là jusqu'à ce que notre route croise à nouveau celle du djinn. En attendant, nous avons bien d'autres chats à fouetter.

Par exemple, il nous faut trouver des informations sur les sirènes.

— Je n'aime quand même pas cette idée… marmonne Sir. C'est dangereux…

— Ma sœur est une grande fille, l'elfe. Et l'eau lui coule dans les veines… Qu'est-ce que tu veux qu'il lui arrive ?

— Il a raison. Et puis, tu connais un meilleur moyen de se renseigner sur les sirènes autrement qu'en allant directement leur parler ?

Sir grommelle, ne sachant visiblement plus quoi dire pour tenter de me retenir. Nous sommes sur la plage de l'île qui sert de passerelle entre la Terre et l'Atlantide. À première vue, un simple bout de sable avec quelques palmiers perdu dans l'océan, du moins, jusqu'à ce qu'un dragon n'y fasse apparaître l'impressionnant portail de marbre.

Nous avons convenu que pendant que les garçons allaient faire des recherches à la bibliothèque des dragons, j'allais m'aventurer dans l'océan à la rencontre des sirènes qui gardent le Triangle des Bermudes afin de me renseigner sur leurs sœurs d'une autre mer. Malheureusement, cette idée ne plaît pas à Sir.

J'embrasse tout de même mon amoureux sur la joue.

— Allons. Ça va bien se dérouler. Ces sirènes nous ont déjà aidés.

— Mais il y a le serpent de mer…

— Qui est sous leur contrôle. Ne t'en fais donc pas… Allez, je reviens dans une heure ou deux ! À tout à l'heure !

Avant de lui laisser encore le temps de s'opposer, je cours vers l'eau et plonge dans les vagues.

Avec mes pouvoirs, je m'enfonce rapidement dans l'immensité bleue et n'ai aucun mal à respirer. En fait, il ne me faut pas beaucoup de temps pour réaliser que la dernière fois que j'ai pu plonger aussi profondément dans l'océan cela remonte à un certain temps.

Une fois arrivée à une dizaine de mètres de la surface, ma nage se fait moins vive et je ferme les yeux pour me concentrer sur les sensations, me laissant dériver dans le courant.

J'avais oublié comment on se sent… Comment JE me sens, ainsi entourée d'eau. Comment ai-je pu me priver de cette merveilleuse sensation aussi longtemps ? Sous l'eau, je me sens pleine, entière. J'ai l'impression que mon corps ne se limite plus à ma chair et que mon cœur bat au rythme de l'onde. Je pourrais me laisser dériver pendant des heures, à profiter de chaque caresse du courant.

J'ouvre les yeux et je me permets quelques acrobaties aquatiques. C'est tellement grisant ! J'ai l'étrange impression que personne d'autre que moi ne peut ressentir cette sensation ! Que ce sentiment si merveilleux de liberté m'est complètement unique !

Après quelques minutes à nager dans tous les sens, je me dis que j'aimerais bien pouvoir partager ce bonheur avec Sir… Avec Iref, ce serait absurde — des plans pour le tuer ! Mais Sir… Il y aurait peut-être un moyen de l'amener un jour avec moi sous l'eau. Ce serait bien ! J'aimerais être capable de lui communiquer tout l'émerveillement et l'énergie que m'apporte cette immersion dans l'immensité bleue.

Quoique l'eau est un peu mon sanctuaire, mon jardin secret en quelque sorte. L'endroit où je suis la seule de notre équipe à pouvoir m'épanouir en toute liberté. Le garder uniquement pour moi n'est peut-être pas si mal non plus…

Je finis quand même par sortir de mes rêveries pour reprendre ma route vers le fond de l'océan. Ce moment de détente et de réflexion m'a fait un bien fou, mais j'ai une mission, ne l'oublions pas.

Alors que je continue ma route, quelques bulles remontant à la surface me rappellent celles que j'avais vues en rêve et qui ressemblaient à des perles. Je me souviens aussi de la sirène que j'ai aperçue. Même si ce n'était qu'un rêve, c'était aussi la première fois que je voyais une sirène d'aussi près. J'ai côtoyé des naïades en Grèce antique, mais leur apparence de jeunes femmes vêtues d'algues ne se rapprochait pas autant de celle des femmes-poissons avec une queue et des écailles sur tout le corps. Les sirènes nous ont aidés deux fois sur le chemin de l'Atlantide, mais je n'ai pas vraiment eu l'occasion de leur parler longuement. La première fois, elles nous ont envoyés vers l'île dans des bulles, alors qu'elles maîtrisaient le serpent de mer géant et qu'elles effaçaient la mémoire des marins qui nous avaient aidés. La deuxième fois, elles nous ont escortés lors de notre retour de la Renaissance, mais, à ce moment-là, je devais contrôler la trajectoire de notre bateau de glace, alors je n'ai pas pu leur porter énormément d'attention.

J'ai hâte de pouvoir discuter plus longuement avec elles. Et l'occasion ne se fait pas attendre. Je n'ai pas le temps de sentir leur présence qu'elles me contactent déjà par télépathie :

— *Bonjour, chère sœur. Nous nous demandions quand tu allais venir nous voir.*

Je m'arrête pour scruter les alentours, quand je les vois : trois sirènes et deux tritons qui nagent vers moi gracieusement. Je me dépêche de les rejoindre. C'est la première fois que je remarque les mâles sirènes. Ils semblent tout aussi heureux qu'elles de me voir et, dans ma tête, leur voix résonne avec la même douceur :

— *Bienvenue à toi.*

— *Merci. Bonjour. Enchantée de vous revoir. Honnêtement, maintenant que je suis là, je me demande moi-même pourquoi je ne suis pas venue avant…*

— *Hi, hi, hi ! Nous sommes heureux de voir que tu te plais dans notre royaume. Allez, viens, suis-nous !*

— *Avec joie !*

Comme demandé, je les laisse me guider. Nous nageons à quelques mètres du fond de l'océan. Je profite du voyage pour observer les algues, les coraux et les coquillages qui jonchent le tapis de sable fin.

— *M'emmenez-vous chez vous ?*

— *Oui, dans notre ville. Nous allons te présenter à notre chef. Elle est très curieuse de te rencontrer.*

— *Moi aussi, je le suis. Depuis que vous nous avez sauvés du serpent de mer, je me dis que je dois venir vous voir. Mais… J'ai été très occupée avec les dragons.*

— *Les dragons sont toujours occupés !* rigole un triton.

— *Certains jeunes dragons d'eau viennent parfois nous voir,* poursuit une sirène. *Ils sont curieux. Mais quand ils vieillissent, on ne les revoit plus.*

Nous finissons par arriver à une sorte de montagne sous-marine séparée en deux par un ravin. C'est alors que je remarque des dizaines d'autres sirènes et tritons qui circulent. Je crois qu'ils cultivent des algues au pied de la montagne. Après m'être un peu plus approchée avec mon escorte, je constate que des portes et des fenêtres parcourent les murs du ravin. Il s'agit de leur ville !

Sur notre passage, plusieurs humanoïdes aquatiques prennent une pause pour me regarder passer. Mais, contrairement aux dragons qui nous fixent souvent avec une curiosité plutôt déplacée, cette fois-ci, je ne vois que des sourires. Comme c'est agréable !

Nous traversons la ville pour arriver à une demeure qui occupe un immense pan de mur. On m'invite à y entrer. Ça me permet de réaliser un autre détail extrêmement agréable : ici, rien n'est disproportionné comparativement à ma taille ! Quelle joie de ne pas se sentir minuscule !

Je passe la porte seule. Au centre de la pièce, décorée de nacre et de coquillages, une sirène peigne affectueusement les cheveux d'une plus jeune qui joue avec une petite étoile de mer. Celle qui est vraisemblablement la chef lève les yeux vers moi et m'offre un grand sourire. Ses cheveux sont décorés d'un filet de perles et un large collier de coraux pend à son cou. Un frisson me parcourt en réalisant qu'il s'agit trait pour trait de la sirène de mon rêve… C'était donc une vision ?

— *Bienvenue, fille des eaux. Opale, veux-tu bien nous laisser un moment ?*

La petite sirène me regarde, puis se tourne vers l'autre pour acquiescer avant de quitter la pièce, sans un mot de plus. Je m'approche et m'incline.

— *Je suis heureuse de vous rencontrer… Majesté ?*

La sirène éclate d'un grand rire qui laisse échapper de nombreuses bulles.

— *Oh non ! Point de cela. Je suis la dirigeante des miens, mais il n'y a point de royauté ici. Appelle-moi Ondine. Je suis heureuse également. Les sirènes qui t'ont croisée m'ont parlé de toi.*

— *J'espère que c'était en bien… Quoique je ne sais pas ce que l'on peut avoir à dire sur moi.*

— *Eh bien… Ta simple existence a éveillé la curiosité de plusieurs. Tu as du sang de dragon, mais ton apparence se rapproche plus de la nôtre que de la leur. Assez de palabres. Ta présence n'est pas justifiée que par la sympathie d'une rencontre. Que puis-je faire pour toi ?*

— *Oh ! Oui, bien sûr… j'aurais vraiment souhaité venir ici sans arrière-pensée, croyez-moi.*

— *Il n'y a pas le moindre mal. Nous apprécions toujours ta visite, qu'elle soit intéressée ou non.*

— *Tant mieux… Eh bien, voilà… Je suis investie d'une importante mission. Nous devons bientôt aller à la rencontre d'une autre… ville de sirènes. Et je suis venue ici pour en apprendre plus sur vous, sur vos coutumes et savoir comment les aborder.*

La chef m'écoute attentivement et semble réfléchir.

— *Et quel est le but de cette visite ?*

— *Nous devons aller à leur rencontre afin de récupérer un objet qui leur a été confié par les dragons.*

— *Je vois… Vous devez parler du fragment de la Sphère d'Équilibre ?*

Je ne peux cacher mon étonnement. La sirène rit de nouveau.

— *Il n'y a que deux peuples de sirènes auxquels les dragons ont confié quelque chose. Le mien, qui possède la mission de protéger l'entrée de l'Atlantide des humains curieux, et le peuple de la reine Cordélia, qui veille sur le fragment.*

— *Ah!... D'accord. Je suis simplement surprise parce que... certains dragons n'ont pas l'air d'être au courant de cette histoire, tant elle est ancienne. Alors, je ne pensais pas que vous, vous seriez au courant.*

Elle a un grand sourire qui s'étire d'une oreille à l'autre. C'est vraiment une jolie sirène. Elle a aussi quelque chose de doux et d'énigmatique dans le regard.

— *Je vais t'apprendre quelque chose, Adria. Nous, les sirènes, ne pondons qu'un œuf par décennie. Et très rares sont les œufs desquels naît un enfant. La raison pour laquelle nous sommes tout de même une communauté prospère et nombreuse vient de notre incroyable longévité. Nous vivons si longtemps que la plupart d'entre nous étaient déjà présents lors de la fragmentation de la Sphère d'Équilibre. Il n'y a donc rien d'étonnant au fait que je sois au courant de son existence.*

Je suis complètement estomaquée. La longévité des sirènes est tout bonnement incroyable! La plupart d'entre elles seraient alors encore plus vieilles que la majorité des dragons? Je n'aurais jamais cru cela possible! Ondine semble si jeune... D'apparence à peine plus âgée que moi! Mon écart d'âge avec Sir semble tout d'un coup totalement insignifiant. Un elfe de 326 ans, c'est encore un bébé à côté d'une sirène de plusieurs milliers d'années.

— *Hi, hi, hi, hi ! Tes grands yeux exorbités me laissent deviner que tu ne t'attendais pas à ce que je sois aussi âgée. Et pourtant, certains dragons d'eau viennent parfois me demander conseil. J'en ai tellement vu… Même Édryola passe de temps en temps pour cette raison. Pour revenir à nos poissons, sache tout d'abord que Cordélia ne pourra pas te rendre le fragment aussi simplement. C'est un dragon qui lui a confié cette mission fondamentale ; ce doit être un dragon qui lui en retirera la charge. Et, malgré ton sang, tu n'es pas un dragon.*

Elle regarde derrière elle un instant, fixant une porte, avant de se retourner vers moi.

— *Un dragon au sang pur devra t'accompagner. Et pour vous aider dans votre tâche, je vais également vous faire un présent, afin que Cordélia comprenne que vous êtes des alliés des sirènes.*

Une nouvelle sirène fait son entrée dans la salle. Elle porte dans ses mains un coffret de pierre qu'elle ouvre devant Ondine. La dirigeante en sort l'un des pendentifs de corail qui s'y trouvent, décoré de symboles de nacre. Je le reconnais tout de suite : c'est celui de ma vision.

★

Pendant que je discutais avec les sirènes, Sir et Iref ont entrepris des recherches dans la grande bibliothèque avec quelques dragons, dont Zuntis. Ils ont notamment découvert que notre expédition allait s'effectuer durant l'âge d'or de la piraterie, dans un secteur extrêmement sensible à ce fléau commercial. Le sage dragon blanc a alors avancé l'hypothèse éclairée que Lornic risquait très certainement d'influencer les pirates comme il a influencé les membres de la Guilde des Murmures. La créature-Univers n'est pas bête et vise naturellement les êtres déjà tournés vers le chaos. Elle a déjà ciblé des assassins complotistes ; les pirates semblent être une nouvelle source de sbires abondante et prometteuse. Après lui avoir expliqué ce qu'était un pirate, Camille a totalement approuvé cette théorie.

Nous devrons donc avoir à l'œil les pirates que nous pourrions rencontrer afin de déjouer les plans de Lornic, qui pourraient les concerner. L'avantage, c'est que juste avant d'arriver en Atlantide nous avons déjà eu affaire à des pirates, alors nous avons déjà une idée de ce qui nous attend.

Selon Camille, le monstre dimensionnel aime varier ses stratégies et il réutilise rarement la même s'il peut l'éviter. Comme elle le rappelle souvent, les habitants des univers qu'il convoite pour son repas ne sont pour lui que des insectes et, potentiellement, des sources de divertissement. De plus, l'agrandissement de la faille mènera inévitablement à une montée en puissance de son influence sur notre monde. Plus le temps passe, et plus nous devrons nous attendre à des surprises.

— Si l'on doit surveiller les pirates et se rendre à un point au milieu de l'océan, nous ferons d'une pierre deux coups en embarquant avec un équipage ! propose Sir.

Je réfléchis, mais j'hésite à approuver l'idée de mon elfe d'amour :

— Il y a de l'idée, mais des pirates ce n'est pas vraiment fiable… Et si en plus ils sont contrôlés par Lornic… Le risque ne m'enchante pas.

Iref hausse les épaules :

— Moi je dis qu'on débarque là-bas, on fait état de la situation et après on voit comment on agit. Vous en pensez quoi ?

Sir tourne de grands yeux étonnés sur mon frère :

— Tu es capable d'être raisonnable ?

— Ferme-la, l'elfe !

Iref tente de donner une taloche à Sir, mais mon elfe l'esquive habilement. Malheureusement, ce n'est que le début et la bagarre éclate.

— Vas-y, papa ! Fais attention à toi, tonton Iref! lance JA, prenant visiblement plaisir à les voir se chamailler.

Je les regarde faire un moment avec un sourire en coin, me disant que ces deux-là sont décidément aussi bagarreurs que de vrais pirates.

— Quand vous aurez terminé, je serai dans la cuisine !

Je me lève pour quitter le salon et me prendre quelques fruits. Sur la table à manger se trouvent les cinq pendentifs de corail que m'ont confiés les sirènes. Ce sont, en quelque sorte, des symboles de notre amitié avec Ondine. Ils nous permettront de prouver au peuple de Cordélia que nous venons avec des intentions pures. Il y en a un pour chacun d'entre nous et un dernier pour le dragon qui nous accompagnera. Je me demande d'ailleurs qui va être choisi. Le Grand Conseil doit se réunir pour en discuter.

Bien que cette nouvelle rencontre nous concerne de très près, nous avons demandé à ne pas y assister. Nous nous sentons de trop à chaque fois, puis j'ai pleinement confiance en DragOR sur le sujet. Je me dis qu'un autre dragon d'eau serait approprié pour une mission pareille. Un dragon des montagnes métamorphe pourrait aussi s'avérer utile, et même plus. J'espère simplement que ce ne sera pas un dragon de feu qui nous accompagnera. Il ne serait pas du tout dans son élément, et nous avons déjà assez de mon frère qui va avoir le mal de mer. En fait, ce serait bien d'avoir un dragon qui a des pouvoirs que nous n'avons pas. Si c'est un dragon blanc, je sens que je vais lui poser de nombreuses questions sur la magie ! Pas un dragon noir, par pitié… Notre équipe ne serait pas du tout à l'aise avec lui… La foudre et la terre ne seraient pas non plus des choix judicieux à mon sens. L'un et l'autre ne sont pas à leur maximum entouré d'eau. Sinon, que reste-t-il ? Ah oui ! Les dragons d'a…

Ma réflexion est interrompue par de violents coups frappés à la porte. J'en échappe presque mon fruit tellement c'est soudain. Je me dépêche d'aller ouvrir.

— Oui ?

C'est une Éomira surexcitée qui se dévoile à moi. Elle trépigne, sa queue fouette l'air et ses ailes s'ouvrent et se ferment à répétition. Elle a un grand sourire sur son visage de lézard volant. Elle semble tellement survoltée que j'en deviens excitée moi aussi.

— Allô ! C'est moi !

— Oui, je vois ça ! Mais voyons, ma belle… Qu'est-ce qui t'excite autant ?

Je me mets à sourire, même si je ne sais toujours pas ce qui la réjouit à ce point.

— Tu ne me croiras pas ! J'ai eu une nouvelle vision !

— Wow ! C'est vraiment super ! Et qu'est-ce que tu as vu cette fois ?

Elle tient si peu en place que j'ai l'impression qu'elle est sur le point de se rouler à terre. Quand elle parle, elle explose presque :

— C'est moi ! C'est moi qui vais vous accompagner pour votre mission ! Je l'ai vu dans ma vision !

— Que…Quoi ?

★

Aussi étonnant que cela puisse paraître, Éomira a vu juste : le verdict du Grand Conseil est que la jeune dragonne d'air nous accompagnera. Son père s'y est farouchement opposé, bien entendu, mais les visions de sa fille prouvent aux yeux de la majorité que le Destin la désigne pour cette mission.

Personnellement, j'espère que le Destin ne s'est pas trompé, mais, d'un autre côté, je suis contente de partir avec une amie et de ne pas avoir à me prouver aux yeux d'un autre dragon.

Éomira et son père se sont fâchés depuis que la décision du Grand Conseil est tombée. C'est dommage, mais compréhensible. Maintenant que nos recherches sont faites et que notre compagnon est trouvé, nous en sommes aux derniers préparatifs.

Sir et la dragonne sont passés entre les pattes des dragons blancs afin de changer leurs apparences. Ça a pris deux journées d'entraînement à la pauvre Éomira pour parvenir à marcher sur deux pieds sans tomber. Par chance, son nouveau physique n'a pas altéré son contrôle de l'air. Elle a maintenant de beaux cheveux blonds, des yeux bleus et l'air espiègle de quelqu'un qui a toujours son cœur d'enfant. Elle est très contente de son apparence, malgré l'adaptation nécessaire qu'elle implique.

Nous nous sommes confectionné des vêtements marins à partir d'illustrations de l'époque ; JA s'est trouvé un hologramme de petit mousse et nous avons terminé nos bagages.

Après quelques encouragements de DragOR, toute notre équipe se réunit à la salle du Grand Conseil pour le grand départ. Partir sous les yeux du Grand Conseil me rappelle mon premier départ de l'an 5000, tout au début, quand toute la famille était là pour me voir partir.

— ATTENDEZ !

Alors que JA fait sortir une sorte de câble d'une de ses mains pour se connecter à la machine et l'activer, Aséphir descend de son siège et s'avance en fixant Éomira. Il abaisse son énorme cou pour appuyer sa gueule au sol et se retrouver nez à nez avec sa fille.

— Je n'approuve toujours pas que tu partes avec eux. Mais si quelque chose devait t'arriver et que l'on se quittait sur une mauvaise note, je ne me le pardonnerais jamais… Je t'aime, ma fille, et je suis fier de toi…

La jeune dragonne semble surprise, mais surtout extrêmement touchée par ces paroles.

— Papa…

Elle fait comme elle peut un câlin au museau de son père, qui laisse échapper un grondement doux. Leur échange d'affection dure un moment ; Éomira verse même quelques larmes, heureuse. DragOR regarde la scène avec tendresse, comme plusieurs autres dragons.

Aséphir finit par relever la tête pour nous regarder sévèrement, de toute sa hauteur :

— Prenez soin de ma fille.

L'ordre est clair et net, mais je l'accepte sans rechigner, comprenant tout à fait l'inquiétude du dragon. Je m'approche d'Éomira et passe mon bras sur ses épaules.

— Il ne nous est jamais venu à l'idée de faire autrement… Nous tenons aussi à elle, monsieur.

— Ce sont mes amis, papa. Nous allons tous prendre soin les uns des autres !

La dragonne d'air a son visage humain gonflé de bonheur et d'enthousiasme, ce qui force son père à acquiescer.

— Alors, bonne chance à vous tous.

Il a beau donner un air solennel à ses dernières paroles, on sent bien qu'il se retient de ne pas en rajouter. Il rejoint sa place avec une certaine raideur. Nous ferions mieux de partir avant que son instinct paternel ne reprenne le dessus. Je mène Éomira à la machine et je fais signe à JA de poursuivre.

Le petit robot l'active et le tourbillon bleu nous emporte.

Hissez le pavillon noir, moussaillons ! Nous allons à la rencontre des pirates ! À l'abordage !

CHAPITRE 3

L'EMBAUCHE

J'ai la tête qui tourne et encore ce maudit vertige. Il faut croire que ce n'est pas une question d'habitude. Au rythme que prennent ces voyages dans le Temps, il vaudrait mieux que je me trouve un bon truc pour éviter les nausées. Tiens ! Et si je me concentrais sur certains souvenirs heureux ? J'arriverais peut-être à oublier mon état. La première pensée qui me vient est la scène où mon Sir a rencontré notre petit JA.

Ce spectacle sera gravé dans ma mémoire à jamais : Sir est là, tournoyant sur lui-même comme un danseur de valse. Accroché à la bordure de son manteau en cuir se tient un tout petit robot qui ne veut surtout pas lâcher prise. Sir essaie de se débarrasser de ce petit androïde, mais rien n'y fait. Je me souviendrai toujours de la tête découragée que faisait Sir à ce moment-là.

Je pose donc les pieds au sol, le sourire aux lèvres.

— Comment peux-tu sourire, Adria ? laisse tomber Sir, appuyé sur un mur. Moi, j'ai le cœur qui fait mille tours. Les demi-dragons n'ont pas de haut-le-cœur ?

— Non, chéri, moi aussi j'ai cette sensation, mais je me suis trouvé une astuce. Je me remémorais la journée où tu as rencontré notre petit trésor.

Sur mes paroles, Sir semble aussi revoir ce moment, car il se met instantanément à sourire.

Mais l'horrible odeur des lieux me ramène rapidement à la réalité. J'ai à peine le temps de constater que nous sommes apparus dans une petite ruelle sombre jonchée d'immondices que JA m'interpelle :

— Maman ! Maman ! insiste-t-il en m'obligeant à me retourner.

— Oui, JA ?

— Un monsieur nous regarde !

— Oh non ! Un grand gaillard se tient à quelques pas de nous, nous fixant bêtement, une bouteille à la main. En me figeant quelque peu, j'avise les autres :

— Préparez-vous au pire les amis, ce type nous a vus apparaître !

Je retiens mon souffle et me prépare à réagir. Va-t-il se mettre à hurler à la sorcellerie ? Va-t-il courir chercher des renforts ? Avec un peu de chance, va-t-il s'évanouir ? Je n'ai pas envie de revivre l'accueil que l'on nous a réservé lors de notre dernier voyage à Melfort ! Quelques secondes qui semblent être des éternités s'écoulent — l'homme n'a toujours pas bougé et fixe infatigablement son regard sur nous. Que fait-il ? Qu'attend-il ? Va-t-il seulement réagir ?

Tout à coup, un énorme bruit accompagné d'un hoquet surgit de son énorme ventre. Il reprend soudainement vie, remet la bouteille à sa bouche et se retourne vers la rue en se balançant.

Quel coup de chance ! Cet homme est totalement ivre et, à voir son allure, ça ne doit pas être sa première « hallucination » de la soirée.

Une fois notre souffle retrouvé, nous échangeons quelques regards en rigolant, soulagés. Nous avons atterri au fond d'une petite ruelle, les deux pieds dans ce qui me paraît être des ordures.

— Éomira, comment vas-tu ? Aimes-tu ton accueil ? Que penses-tu du monde des humains ? dis-je d'un air amusé.

Juste pour voir l'émerveillement dans les yeux d'Éomira, ce voyage en vaut la peine ! Elle est là, sautillant sur elle-même, son regard se portant un peu partout — quoique l'odeur doit quand même l'importuner, puisqu'elle se bouche le nez. Sa joie est néanmoins contagieuse, et je sens l'excitation monter en moi.

— Un peu puant pour l'instant, mais je suis tellement excitée ! C'est un honneur et un plaisir d'être ici. Il faut avouer que je ne suis encore jamais sortie de la capitale, et me voilà dans le monde des humains à voyager dans le Temps ! C'est tellement excitant !

— C'est toujours un honneur d'être en ma compagnie, je sais, dit Iref étalant son sourire narquois.

— Je pense plutôt qu'elle a parlé de toi en disant « puant », argumente Sir.

— Ah non ! Vous n'allez pas encore recommencer ! Pas déjà !

J'allais amicalement intervenir quand je remarque que le brouillard recouvre les lieux et que le ciel s'assombrit. Nul doute qu'il fera bientôt nuit.

— Nous devrions penser à trouver un logis, dis-je un peu inquiète. Je préfère ne pas dormir dans la rue dans une ville pleine de pirates.

Iref sort de la ruelle et regarde autour.

— Allons là ! lance-t-il, en pointant quelque chose dans la rue. Il semble y avoir de l'animation là-bas. On va pouvoir commencer nos recherches en se mêlant à la foule !

— La foule… Plein d'humains ! lance Éomira tout énervée. Est-ce que je rêve ? C'est trop étrange pour moi pour être réel !

Je ne crois pas que l'on va s'ennuyer avec notre invitée. Un petit brin de joie de vivre ne fera pas de tort à notre équipe.

Iref trace donc la route, suivi d'Éomira, qui peut enfin se permettre de respirer.

Pour ma part, en regardant autour, je ne peux m'empêcher de soupirer de bonheur : qu'il est agréable de retrouver un monde à sa taille !

Nous nous apercevons rapidement que l'animation à laquelle faisait allusion Iref provient d'un établissement portant le nom de Caboteur. Une cohue énergique nous accueille ; pour entrer, nous devons jouer un peu du coude.

À en juger par le rassemblement, nous sommes dans un lieu en pleine festivité, visiblement une auberge ou une taverne. L'endroit est bondé et, à première vue, une centaine de personnes y est entassée. D'après leurs tenues vestimentaires, je crois pouvoir dire que ce sont majoritairement des marins — ou plutôt, des pirates.

On pourrait croire que cet endroit vient d'essuyer une bataille, si ce n'est une véritable guerre. Pourtant, j'aurais tendance à penser que c'est son état habituel. L'endroit se résume à des charpentes en bois délabrées, un parquet de vieilles planches défraîchies et plusieurs tables rondes occupées par une foule hostile et enivrée. La décoration laisse à désirer. Non, en fait, elle est inexistante. À part quelques toiles en lambeaux et un filet déchiré, il ne reste plus rien. Il y a bien quelques tablettes défoncées qui ont peut-être jadis soutenu des trophées de pêche ou divers ornements maritimes, mais tout a été volé ou détruit depuis longtemps.

— C'est ça, des pirates, maman ?

Bien que ce soit la première fois que je rencontre des pirates, ça me semble l'évidence même. De grands gaillards solides, la plupart malpropres, aux cheveux foncés, leurs corps couverts de tatouages marins et de cicatrices, ayant comme armes des sabres et des pistolets. Il y a aussi l'odeur qui ne trompe pas, mais c'est déjà moins désagréable que les ordures, quoique…

— Oui, JA, ce sont des pirates.

J'ai l'impression qu'il faudra se montrer discrets, car l'ambiance semble prédisposée à la bagarre. Subtilement, nous prenons place à une table après en avoir retiré le soûlon qui y dormait pour le déposer doucement dans un coin afin qu'il puisse continuer sa sieste tranquillement.

Éomira semble s'être quelque peu calmée. J'imagine qu'elle a compris l'importance de se fondre dans son rôle d'humaine, ce qui ne l'empêche pas, comme JA, de regarder partout.

— Oh là ! Barbe noire, viens ici ! lance soudainement Iref avec un accent caricatural de pirate.

— Mais qu'est-ce que tu fais ? lui demandé-je, fâchée.

— Quoi ! J'appelle l'aubergiste pour lui poser quelques questions.

— J'avais compris. Mais ne crois-tu pas que ce genre de plaisanterie peut nous mettre dans de fâcheuses situations ?

— Si on ne peut plus s'amuser…

Réplique qui fait sourire Sir, du moins jusqu'à qu'il remarque le regard que je pose sur lui. L'appel d'Iref semble néanmoins fructueux, car un imposant aubergiste poilu comme un ours s'avance vers nous d'un pas déterminé.

— Voulez-vous quelque chose à boire, matelots ? lance-t-il d'une voix forte, mais amicale, laissant croire qu'il n'a pas entendu le sobriquet.

En même temps, il y a tellement de bruits dans la salle que ce ne serait pas étonnant.

— Votre meilleur vendeur pour tous, répond Iref. Et j'aimerais savoir, qu'est-ce qui se passe ce soir, capitaine ? À moins que ce soit tous les soirs le bazar comme ça chez vous ?

— C'est le jour du grand recrutement, répond l'ours d'un air surpris. Vous ne venez pas du coin, vous !

— Eh non ! Mais nous avons suivi le groupe ! réplique Iref. On cherche la bonne ambiance !

— En tout cas, ce n'est pas lui qui va la mettre, l'ambiance, murmure Sir.

Une réplique qui fait énormément rire Éomira. Mais c'est sûr que côté ambiance : nous sommes servis ! À la table d'à côté, des hommes se mettent à entonner un chant marin et, plus loin, j'entraperçois une table se renverser et deux ivrognes en venir aux mains.

— Pour ça, vous devriez être à la bonne place !

L'aubergiste prend le temps de bien nous regarder et rigole.

— Mais bien sûr que non, vous ne pouvez pas être du coin ! Vous êtes habillés comme des marins qui n'ont jamais vu une cale de leur vie et vous sentez encore l'eau de rose ! Vous êtes des mousses de la marine qui ont déchanté en voyant ce qui vous attendait sur les bateaux du commerce et vous êtes plutôt venu ici chercher la fortune et l'aventure ! N'ai-je pas raison ?

J'adore, lors de nos voyages, quand les gens nous donnent une excuse toute prête qu'il nous suffit d'attraper en plein vol.

— Oui ! m'exclamé-je. C'est en plein ça ! La marine marchande n'avait vraiment pas ce que nous recherchions !

— Ha, ha, ha ! rit notre serveur. Vous n'êtes pas les seuls ! Rien que le mois dernier, on avait encore une douzaine de marins déserteurs qui venaient rechercher la vraie aventure des sept mers ! Et vous, vous tombez à pic en plus !

— Comment ça ? interroge Sir.

Notre interlocuteur fait un large geste vers le centre de la pièce bondée.

— Parce que vous arrivez pile à la soirée du grand recrutement ! Comme toutes les années, les capitaines viennent vanter leurs exploits afin de recruter les meilleurs marins de la région. Si vous avez moindrement le pied marin, vous ne serez pas déçus. Ce ne sera pas difficile pour vous de vous trouver un équipage avant la fin de la soirée ! Et cette année, l'ensemble des capitaines semblent se lancer dans une chasse au trésor. Comme s'ils avaient tous trouvé une carte mystérieuse ! lance l'aubergiste avec un rire très gras.

— Un trésor ? Mais avons-nous…

L'aubergiste m'interrompt, avec la subtilité d'un barbare, en me demandant de me taire, car l'un des capitaines prend la parole.

Si je comprends bien, la formule utilisée est qu'à tour de rôle, les capitaines s'adressent à la foule en montant sur leur table pour bien se faire voir et entendre. Entre chaque discours, il y a une petite pause, le temps d'un verre de rhum, et on reprend. En voilà une drôle de formule…

La première allocution à laquelle nous assistons provient d'un capitaine qui se fait appeler le « Joyau des sept mers ». Franchement, un peu ridicule comme pseudonyme ! Il raconte comment, à lui seul, il aurait désarmé et mis en fuite une vingtaine d'hommes lors de son dernier voyage. Il prend soin d'expliquer qu'il aurait en sa possession LA carte au trésor et que tout marin qui se joindrait à lui deviendrait riche et célèbre.

Enchaîne la capitaine Sabrina, qui discute de créatures des territoires au nord. D'après elle, certaines créatures qu'elle a rencontrées posséderaient le pouvoir de se transformer en humain. Elle dit posséder certains dons exceptionnels. À voir Iref la regarder, elle a sûrement le don de l'hypnotiser, mais ça, ça n'a rien d'exceptionnel. Elle promet un trésor à ceux qui la suivront, mais avant tout une aventure qui marquera notre vie. Déjà, son plaidoyer est plus intéressant que celui de monsieur « Joyau ».

Par la suite, on assiste à la prestation du capitaine Drake, surnommé « Drake le Dragon ». Tiens, intéressant ! Contrairement aux autres, il s'adresse à la foule avec son frère, Dorac. Drake concentre son discours sur les aventures trépidantes et exotiques qu'il vit avec son équipage et sur la robustesse de son bateau. Bien que Drake ne soit pas vantard de sa personne, sa prestance est attirante et son assurance laisse entrevoir un capitaine brillant et confiant. Dorac, lui, se contente de parler d'une carte au trésor à la récompense fabuleuse d'un air plutôt convaincant.

Ensuite, c'est le capitaine Axis, qui raconte sa confrontation avec une créature des mers. C'est très intéressant. Il raconte qu'un serpent de mer a plongé à plusieurs reprises en effectuant des bonds par-dessus son navire, emportant avec lui le mât principal et plusieurs hommes au passage avec sa queue. Il se vante que ce soit lui-même, installé derrière son canon, qui l'aurait touché en plein cœur, mettant un terme à cette horreur. Ça me rappelle le serpent que nous avons affronté en arrivant au Triangle des Bermudes. Toutefois, je reste perplexe quant à la façon dont il l'a vaincu. Je ne crois pas qu'un boulet puisse réellement percer la peau épaisse, glissante et flexible du monstre.

La soirée continue et c'est, au total, une dizaine de capitaines qui vantent leurs exploits. Au moins six d'entre eux se targuent de posséder une carte au trésor. Une fois les présentations terminées, nous échangeons sur les capitaines, alors que la plupart des spectateurs se ruent sur leur préféré en espérant visiblement trouver une place parmi leur équipage.

— Qu'en pensez-vous ? Cette histoire de trésor ne vous paraît-elle pas un peu étrange ? dis-je.

— Oui, étrange, néanmoins intéressante, confirme Sir.

— J'aime beaucoup Sabrina, lance Iref.

— On se demande pourquoi… dis-je en rigolant.

— Pourquoi ? demande Éomira, curieuse. Parce qu'elle est du sexe opposé ?

J'éclate de rire sans pouvoir m'en empêcher :

— Ha, ha, ha ! Oui ! Justement à cause de ça ! Hi, hi, hi !

— Bip ! Les rapports entre mâles et femelles peuvent facilement se transformer en source de divertissement pour les personnes extérieures à cette relation.

Et JA qui rajoute son grain de sel ! Il ne m'aide pas à me calmer ! Mais Iref, lui, ne semble pas du tout le prendre avec humour :

— Non, je suis sérieux ! Je suis vraiment intrigué par les créatures qu'elle décrit. En comparaison… Avez-vous vu ?… Je ne sais pas moi… Tiens, ce Drake, il n'avait pas grand chose à vendre…

Cette remarque fait rigoler Sir à son tour, alors que je retrouve mon sang-froid :

— Moi, je ne suis pas d'accord avec vous. Je trouve que Drake est le plus sérieux de tous les autres capitaines que l'on a vus et, à choisir, c'est lui que je prendrais sans hésiter.

— Il ne nous faut pas quelqu'un de sérieux, il nous faut quelqu'un… d'aventureux ! Quoique je comprends que ça te ferait changement de l'elfe, un mec qui se fait appeler « le Dragon », mais t'es consciente que ça n'en est pas vraiment un, hein ?

Afin de lui faire comprendre que je n'aime pas la blague, je couvre le banc de sa chaise d'eau bien froide afin de lui mouiller le fond de culotte. Les fesses trempées le reste de la soirée lui rappelleront les bonnes manières !

— De toute façon, nous ne sommes pas là pour nous trouver un équipage, nous rappelle Sir. Ou le sommes-nous ?

— Peut-être… soupiré-je. Bon, faisons le point : nous devons rejoindre la ville protégée des sirènes pour récupérer le fragment de la Sphère d'Équilibre. Toutefois, nous devons surtout contrecarrer les plans de Lornic pour éviter qu'il ne gagne trop en puissance en causant des perturbations. En ce qui concerne l'équipage… En fait, on avait décidé d'attendre d'arriver pour ensuite voir ce que l'on allait faire…

— Alors… Voyons ! lance Iref avec un sourire.

— Nous devrions commencer par nous joindre aux autres tables afin d'échanger avec les capitaines, suggère Sir.

— On devrait se séparer, propose à son tour JA. En nous séparant en deux équipes et en restant 20 minutes par capitaine, nous ferons le tour en 1 h 40.

— Et toi, Éomira, qu'en penses-tu ? lui demandé-je.

Éomira cligne des yeux, un peu surprise, avant de parler :

— Désolée, j'observais. Je fais abstraction des beaux discours ; pour moi, ça reste éphémère et secondaire. Mais… je perçois quelque chose… Certains de ces capitaines… J'aimerais les voir de plus près si c'est possible.

— Lesquels ? demande Sir.

— Je ne suis pas certaine. Je dois jeter un coup d'œil, maintient la dragonne.

— Bon, je vais aller avec elle. Restez ici vous deux.

Je me lève pour accompagner Éomira. Heureusement, tous les capitaines ont encore plusieurs marins potentiels qui leur tournent autour, alors notre présence passe relativement inaperçue. Mon amie fixe intensément plusieurs capitaines, penchant parfois la tête d'un côté ou de l'autre pour changer d'angle de vue, reniflant aussi quelquefois en claquant la langue. Nous tournons autour des tables pendant plusieurs minutes, nous faisant bousculer plus que de raison par les prétendants pirates surexcités.

Je suis soulagée quand nous finissons par retourner à la table.

— Alors ? demande Iref. As-tu… vu ce que tu voulais voir ?

Éomira acquiesce :

— Oui, je suis sûre de moi, maintenant. Je peux affirmer que j'ai vu Sabrina et… et celui qui se prend pour un dragon, dans ma vision.

Sir et Iref sont tout aussi surpris que moi par la nouvelle.

— Et ça t'a pris tout ce temps pour nous le dire ? s'étonne Iref.

Éomira semble s'offusquer un peu.

— Je n'ai pas détaillé la vision que j'ai eue quand j'ai su que j'allais vous accompagner parce que, comme j'allais être là, ça allait être plus facile pour moi de repérer les signes de ma vision, plutôt que de vous les décrire… Et puis… Ça m'a pris du temps, parce que pour moi les humains se ressemblent tous. Je n'aurais même pas su vous en faire une description, mais après les avoir comparés avec les autres, je vous confirme que ce sont bien eux. Ces deux humains étaient dans ma vision.

— Parfait ! lance prestement Iref, je suggère donc de se concentrer sur ces deux-là. Moi, je vais jaser avec Sabrina. Viens-tu, Sir ? Allons voir vers quoi cette vision nous guide !

— Êtes-vous sérieux ? Et ton choix n'a rien à voir avec le fait que ce soit une jolie femme, n'est-ce pas ?

Je préférerais qu'il ne perde pas de vue ce pour quoi nous sommes là.

— Quoi ! Bien sûr que non, sœurette ! Nous n'avions même pas remarqué qu'elle était belle, n'est-ce pas Sir ?

Me connaissant, Sir ne répond pas à cette question. Pourquoi ai-je l'impression qu'il faudra surveiller ces deux moineaux ? J'envoie donc JA les pondérer. De notre côté, Éomira et moi partons rencontrer le capitaine Drake. J'ai bien l'impression que, finalement, nous allons finir par nous embarquer dans un équipage.

Je demande tout de même à mon amie à mi-voix :

— N'y aurait-il pas une autre partie de ta vision dont tu voudrais me parler ?

— Non, me répond-elle après avoir réfléchi, rien d'autre n'y était pertinent. Si un détail me revient, je t'en parlerais.

— D'accord, merci.

Notre arrivée à la table de Drake ne passe pas inaperçue, maintenant que les autres marins se sont dispersés.

— Bonjour, chères demoiselles, lance Drake d'un air accueillant en demandant à deux de ses hommes de nous laisser leur place.

Quel gentilhomme, me dis-je.

—Vous avez sûrement des questions à me poser ? Allez-y, votre présence est un cadeau pour nous.

Quel flatteur aussi !... Mais, étrangement, il me paraît très loin du style de flatteries de Sir. Je n'ai pas vraiment pris le temps de penser à une question... Allons-y avec finesse !

— À vrai dire, monsieur Drake, nous n'allons vous poser qu'une seule question, lui dis-je d'un air assuré.

— Et si la réponse ne nous convient pas, nous repartirons, complète Éomira.

Eh bien... Mon amie écailleuse a de la réplique !

—Voilà une question qui risque d'être intéressante... s'exprime Drake avec plaisance.

— Nous aimerions connaître la prochaine destination de votre bateau et de votre équipage. Quelle est la prochaine aventure que vous promettez ?

—Tiens, voilà une demande intelligente, ajoute Drake. Cela fait changement de mes échanges de la soirée qui, jusqu'à maintenant, étaient plutôt superficiels.

Drake lance un regard à son frère afin qu'il s'occupe des invités et se rapproche de nous.

—Je vais vous dire, mesdames, quelque chose que je n'ai encore raconté à personne. D'ailleurs, j'ai l'impression que même si j'essayais de vous duper, vous sauriez détecter la tromperie. Soyons donc transparents et honnêtes, et voyons où cela nous amène. J'ai reçu cette carte par un messager. Je suis certain que je ne suis pas le seul à en détenir une copie. Je me dis que le type qui a fait ça avait sûrement l'intention de nous mettre en confrontation.

— Une confrontation ? s'exclame Éomira.

— Oui ! Quelqu'un, quelque part, a décidé de mettre à l'épreuve les meilleurs pirates de cet océan ! Nous avons tous reçu une carte à peu près en même temps et je suis prêt à parier qu'elles mènent toutes au même endroit ! L'atteindre sera alors une course ; une course au trésor qui s'inscrira nécessairement dans le sang et l'histoire !

— Mais comment être sûr que cette carte mène bien à un trésor ? demande Éomira.

— Pour être totalement sincère, rajoute Drake, ce n'est pas moi, mais Dorac qui l'a reçue. Mon frère est aussi mon cartographe, et quand il m'assure que c'est une authentique carte au trésor, je n'en doute pas du tout !

— Et pour cette confrontation entre pirates, pourquoi devrai-je vous choisir ? demandé-je.

— Nous avons un équipage chevronné, la charpente flottante la plus solide de la région, un capitaine expérimenté, déterminé et surtout très respectueux envers les dames. Nous avons toutes les chances de notre côté. Qu'en pensez-vous ?

De temps en temps, je lance un regard vers nos deux compères. Après quelques blagues et quelques verres d'alcool, ils sont maintenant en train de danser avec la pirate Sabrina. Après ça, ils essayeront de me faire croire que toute cette mascarade n'est qu'une stratégie…

Je tente tout de même de rester concentrée sur mon propre capitaine pirate :

— Vous les avez sûrement, capitaine ! J'aurais une dernière question, monsieur Drake, si ça ne vous dérange pas.

— Mais vous ne m'importunez point, chère dame, au contraire.

— Quelle est la destination de la carte ?

— Une petite île appelée l'île de la Salamandre. Une destination méconnue jusqu'à maintenant.

— Merci, monsieur Drake, dis-je avec un sourire. Nous allons réfléchir à notre conversation et nous vous reviendrons.

— Attendez ! N'avez-vous pas de questions sur le butin ? Sur la paie ?

— Inutiles, nous sommes là pour l'aventure avant tout ! ajoute Éomira.

Je suis décidément impressionnée par mon amie. Elle fait preuve d'un sens de la répartie que je ne lui aurais pas soupçonnée.

Le capitaine nous scrute attentivement d'un air sévère, sans dire un seul mot. Va-t-il gober notre histoire de soif d'aventure ou vient-on de perdre toutes nos chances de rejoindre son équipe ? Après quelques secondes d'un lourd silence, Drake éclate d'un rire franc :

— Ha ha ! Eh bien ! J'aurai tout vu ! Le capitaine qui vous comptera parmi son équipage sera des plus choyés. Votre présence serait la bienvenue. Et de l'aventure, je vous en promets…

Ouf, bien joué, Éomira ! Sur ces mots, nous saluons Drake et nous retournons à notre table. J'en profite pour féliciter mon amie pour ses répliques bien pensées. Drake nous fait envoyer des verres de rhum, que nous dégustons. Le goût surprend Éomira, qui en est à son tout premier contact avec l'alcool, mais elle le tient bien, sans pour autant comprendre pourquoi ce goût plaît tant aux humains. Pour ma part, j'en bois rarement, et des spiritueux, encore moins souvent. Le goût ne me déplaît pas pour autant. Quelques verres de rhum plus tard, nos deux pierrots nous rejoignent pour le bilan. Les deux ont un teint vert.

— Mais qu'est-ce que vous avez vous deux ? Ne me dites pas que vous avez abusé de la boisson ?

Iref me réplique assez vite :

— Ton elfe a juste eu besoin d'un verre pour ça… Mais moi, tout allait bien… jusqu'à ce que ta boîte de conserve décide d'analyser le rhum…

— J'ai juste informé tonton que…

Je le coupe rapidement :

— Mon p'tit trésor… Si c'est pour me donner mal au cœur à moi aussi, je ne veux pas le savoir ! Merci…

— OK, maman.

Il reste tout sage assis sur le bord de la table où Sir l'a posé. Maintenant que la nausée est évitée, je me tourne vers mes deux zigotos :

— Et sinon, était-elle agréable cette danse, chéri ?

— Tu sais Adria, il fallait créer un lien amical et de confiance, répond Sir en bafouillant légèrement.

Je le regarde avec suspicion, alors qu'Éomira allège l'atmosphère avec sa joie de vivre :

— Dites-moi, vous deux, qu'avez-vous trouvé ? lance-t-elle, tout énervée. De notre côté, on a trouvé des infos !

— Il semble que l'on ait découvert, crois-le ou non, une magicienne, lance Iref. Je n'en suis pas certain, mais j'aurais aperçu, sortant de ses mains de fée, nul autre que du feu d'une couleur exceptionnelle.

— Du feu d'une couleur exceptionnelle ! s'exclame Éomira. Vraiment ?

— À moins que ce soit moi qui me sois laissé emporter ! complète Iref.

Il s'esclaffe en perdant pied. Effectivement, le frérot n'est pas dans son état normal.

— Pour te rassurer, Adria, continue Sir, nous n'avons pas perdu notre temps. Nous savons que Sabrina met le cap sur une destination nommée l'île de la Marée bleue ; c'est là que sa carte aux trésors la guidera.

— De notre côté, explique Éomira, nous avons eu une offre et nous sommes disposés à partir vers le trésor qui se trouve sur l'île de la Salamandre.

— C'est bien ! lancé-je, mais ça ne nous avance pas. Lequel des pirates choisir ? Les deux ? Drake a parlé d'une compétition et d'un trésor…

— MA !

— Pas maintenant, JA.

— MAMAN, insiste-t-il.

— Quoi, petit ?

— Saviez-vous que ces deux îles sont côte à côte ?

— Quoi ?

— Oui, maman, si mes données sont exactes, l'île de la Salamandre et l'île de la Marée bleue sont toutes près l'une de l'autre.

— Donc ces deux pirates vont au même endroit ? Ça change la donne ça.

Nous débattons quelques minutes sur la suite des événements. La vision d'Éomira nous mène vers les deux capitaines pirates Sabrina et Drake. Ces capitaines cherchent justement des membres d'équipage pour une étrange quête de trésor. Le chemin à suivre semble tout tracé et il mène certainement à Lornic. Mais… mais bien sûr ! Le trésor ! Et si c'était comme à Melfort ? Le fragment de la Sphère d'Équilibre était considéré comme un trésor… Est-ce encore le cas ? C'est bien ce que cherche Lornic, non ? De faire en sorte que ses sbires s'en emparent et lui amènent le fragment ? Alors, pourquoi ne pas organiser une chasse au trésor ?

Sir approuve tout de suite ma théorie. Il rappelle aussi que Camille a été très claire sur le plaisir qu'éprouve Lornic à jouer avec les habitants des mondes qu'il désire prendre en repas.

Pourtant, je reste inquiète. Se séparer semble être la meilleure solution : couvrir plus de terrain, suivre les deux pistes de la vision, avoir un meilleur champ d'action. Toutefois, l'expérience nous a appris que ce n'était pas toujours bénéfique. De manière récente, je pense entre autres à la capture de mon frère par les Murmures.

Il y a aussi cette « compétition » entre pirates. Allons-nous être amenés à nous affronter ? Quoique, même si c'était le cas, nous nous retirerions certainement du combat — hors de question de se blesser entre nous !

De plus, bien que j'aie du mal à l'avouer, j'ai une certaine réticence à laisser mon elfe partir sur le bateau d'une autre femme. Mais je dois me rendre à l'évidence que mes coéquipiers ont beaucoup plus de chance de se rapprocher de Sabrina sans nous dans les pattes. De même que pour nous, Drake sera beaucoup plus enclin à se confier à deux filles seules.

Par contre, le risque reste bien réel… En vaut-il vraiment la chandelle ? Il faut avouer que nous aurions deux fois plus de chances d'obtenir des renseignements.

Ça me coûte beaucoup d'en arriver à cette conclusion, mais je me tourne vers l'équipe et annonce :

— Nous nous séparons ! JA, tu iras avec papa.

À voir les têtes autour de la table, ce choix ne sera pas contesté, mais il ne rassure pas tout le monde non plus…

CHAPITRE 4

À BORD DU PÉLICAN

Éomira et moi sommes sur le quai en attendant d'obtenir l'autorisation d'embarquer à bord du bateau de Drake, alias « le Dragon ». Sir, Iref et JA, quant à eux, sont partis rejoindre l'équipage de Sabrina. Cette séparation me rend nerveuse, mais je soutiens qu'il s'agit du choix le plus sûr pour notre mission. J'espère que tout ira bien pour eux et que Sabrina… Non, ça ne sert à rien ; la jalousie n'apporte rien de bon. J'ai confiance en mon beau Sir et mon frère ; ils sont pleins de ressources. De plus, ils auront l'aide inestimable de JA. Ce sera étrange de ne pas avoir ce petit bonhomme avec moi pour un moment. Je crois ne jamais avoir été vraiment séparé de lui depuis que nous l'avons trouvé en l'an 3000.

— Je suis tellement excitée, Adria ! Une aventure en mer, une chasse au trésor, un monde à explorer… Tant d'inconnu à découvrir !

— Il faut rester sur nos gardes tout de même. N'oublions pas…

— Que nous avons une mission de la plus haute importance. Je sais bien, Adria ; c'est d'ailleurs la raison pour laquelle je suis là. Et je ne vous laisserai pas tomber, ni vous, ni DragOR, ni aucun habitant de ce monde.

— Tu as… Ouch !

Je me fais soudainement bousculer par un homme de fort gabarit transportant des caisses de bois lui obstruant la vision.

— Hé toi ! Fais attention un peu !

— S'cusez, ma p'tite dame ! J'vous avais pas vue !

— Vous pourriez quand même faire attention, rajoute Éomira.

L'homme s'esclaffe, pose sa caisse et s'approche de nous d'un air supérieur.

— Oh oui ! Quel malotru je suis ! Deux jolies mam'zelles qu'notre cap'taine embarque pour qu'on s'amuse un peu ! Il faut faire très attention à elles !

— Astor, ça suffit ! ordonne Dorac en apparaissant sur la passerelle. Démontre un peu de respect à ces dames, veux-tu ? Elles sont à présent membres de l'équipage, ainsi que les invitées spéciales de mon frère. Tu devras donc veiller à ce qu'elles ne manquent de rien pendant le voyage.

— Oui, Dorac, maugrée Astor, la tête baissée en reprenant son chemin. Compris Dorac…

— Mes chères dames, vous pouvez monter !

— Avec plaisir ! Merci beaucoup !

Que de bonnes manières et de respect, j'en suis flattée ! Il semble que ce soit de famille chez ces deux frères pirates. Cet Astor ne semble toutefois pas faire partie de l'équipage respectueux dont nous a parlé Drake. Et cette histoire d'invitées spéciales… Ce voyage risque de s'avérer très… intéressant ! Ce serait peut-être à Sir d'être jaloux, finalement.

— Bienvenue à bord du *Pélican* ! nous lance Drake en arrivant sur le pont. Un galion corsaire anglais comme vous n'en avez jamais vu !

Il faut avouer que je n'ai pas beaucoup de comparatif en matière de bateaux, mais si je pense à la caravelle sur laquelle nous avons voyagé vers l'Atlantide à la suite de l'appel de DragOR, ce bateau n'en ferait certainement qu'une bouchée.

— Voyez-vous, la quille de ce navire est faite de solides chênes, les mâts de robustes pins, et pour la coque et les ponts, des bois durs de première qualité ont été minutieusement sélectionnés ! nous raconte-t-il alors que nous marchons à ses côtés sur le pont. Ses trois mâts équipés de solides voiles et sa coque fine et allongée nous permet d'atteindre une vitesse supérieure à bien des navires, et donc d'établir notre supériorité sur les eaux ! Sans oublier, bien entendu, nos vingt-deux canons prêts à dissuader tout abordage ennemi.

Drake éclate alors d'un rire puissant, mais surtout franc et heureux. Je crois que nous sommes tombées sur un vrai capitaine, un amoureux de la mer et de son bateau. Je sais qu'Éomira est très intelligente et qu'elle analyse probablement tout autant que moi chacun de ses faits et gestes, mais sa manière de regarder partout avec les grands yeux émerveillés d'un enfant trahit sa passion pour ce qu'il fait et la satisfaction qu'il y prend. Ça fait plaisir à voir. Des hommes s'affairent tout autour de nous à vérifier les cordages, resserrer les nœuds, embarquer des tonneaux et classer les provisions pour l'expédition. Plusieurs d'entre eux nous jettent des regards tout en réalisant leur besogne.

— Alors, capitaine Drake... Pourquoi vous lancer à la recherche de ce trésor si vous avez déjà un tel navire pour vous ? N'est-ce pas là suffisant pour dominer les mers ?

Le capitaine me regarde d'un œil interrogateur. Je crois que le fait de se contenter de nos possessions ne fait pas partie de la culture pirate. Je devrai être plus adroite sur mes prochaines questions. Plutôt que d'essayer de comprendre, Drake change de sujet :

— Voici l'accès aux différents étages du bateau. Plusieurs hamacs et des lits y sont installés, choisissez celui qui vous plaît pour y déposer vos choses, nous indique-t-il en pointant nos baluchons du menton. Ensuite, remontez sur le pont, je vous affecterai à vos tâches.

★

Nous naviguons depuis quelques jours en direction de l'île de la Salamandre. Entre nos tâches d'entretien sur le pont et celles de préparation à la cuisine, nous avons encore beaucoup de temps pour profiter du voyage et apprendre à connaître les différents marins. Comme nous l'a mentionné Drake à la taverne, son équipage est très respectueux des femmes. Les pirates gentilshommes ne sont pas des plus nombreux à avoir marqué l'histoire. Nous pourrions être harcelées par des remarques vulgaires et des mains baladeuses. Finalement, on n'aurait pas pu rêver mieux.

Nous sommes actuellement dans nos hamacs respectifs. Je n'ai encore jamais croisé l'équipage au complet en un même lieu, mais à en juger par le nombre de couchettes, le bateau doit bien compter une quarantaine de marins.

— Adria, pourquoi ne pas tirer profit de ce respect et de cette admiration pour nous ? Nous sommes, sans l'ombre d'un doute, des femmes plutôt convoitées sur ce bateau, alors pourquoi ne pas tenter de glaner des informations en charmant les membres de l'équipage ?

J'hésite un moment.

— L'idée n'est pas mauvaise... J'ai un certain malaise à jouer la charmeuse... Mais bon... pourquoi pas ? C'est la meilleure idée pour l'instant.

— Je comprends que tu ressentes un certain malaise, mais ton prétendant n'est pas là, heureusement !

Je ricane un peu :

— Heureusement, oui ! Hi, hi, hi ! Ça m'étonne quand même que tu aies pensé à ça. La séduction est-elle utilisée chez les dragons ?

Elle ricane à son tour :

— Pour ton information Adria, il n'y a pas que de vous que mon père cherche à me protéger ! Hi, hi, hi !

— Parfait ! Essayons !

Je me lève du hamac et ajuste ma chemise afin de mettre toutes les chances de mon côté. Je tresse ensuite mes cheveux pour les placer sur mon épaule droite. Désolé, mon cher Sir, je suis bien contente que tu n'as pas à me voir faire ça... J'imagine que j'ai presque l'allure de la capitaine Sabrina, arrangée ainsi. Si Sir et Iref perdent à ce point tous leurs moyens devant elle, je devrais en faire parler quelques-uns. J'aide également Éomira à mettre en valeur ses attributs humains sans que ce soit trop osé, et direction le pont! La première personne que j'aperçois est un jeune homme dans le début de la vingtaine s'affairant à nettoyer les mousquets de l'équipage. Je m'approche de lui doucement :

— Très habile, mon cher, très habile, lui lancé-je d'une voix mielleuse.

Je le prends visiblement au dépourvu puisqu'il en échappe son outil au sol.

— Eh bien… Euh… Merci! Je… Hum, hum… J'ai été sélectionné par Drake lui-même pour ce poste! me lance-t-il finalement en se bombant le torse.

— C'est tout un honneur! Sélectionné pour une telle aventure! Vous faites souvent ce genre de voyage avec Drake?

— En fait, notre mission première était de mener un raid contre les Espagnols. Mission confiée par la reine Élizabeth, elle-même! Mais un bon pirate ne dit jamais non à une chasse au trésor et un peu de richesse!

Déroger d'une mission de la reine pour une simple carte reçue par un messager inconnu? Pour des soi-disant richesses, alors que la royauté doit lui fournir tout ce dont il a besoin? Ça me semble assez étonnant toute cette histoire. Lornic s'est-il borné à l'appât du gain pour séduire les pirates? La dernière fois, il avait conquis les Murmures avec des pouvoirs magiques; opérerait-il désormais avec une promesse de richesses? Il sait décidément bien choisir ses appâts et ses cibles.

Nous questionnons encore un peu ce marin, mais il ne semble pas en savoir davantage. J'apprends toutefois que Drake, ou plutôt «le Dragon», est considéré comme un vrai héros maritime par les Anglais, alors que les Espagnols le considèrent plutôt comme l'un des pirates les plus sanguinaires de tous les temps. Il aurait coulé plusieurs de leurs bateaux et fait échouer d'innombrables missions. C'est très intéressant de voir les deux côtés de la médaille concernant un grand pirate de l'histoire — et de se retrouver de son côté, si ce que l'on raconte est vrai.

Ayant terminé mon investigation, je me retourne vers Éomira, qui se trouve un peu plus loin sur le pont, afin de voir comment elle se débrouille. Oh là là… C'est une vraie catastrophe!

Je la vois fixer intensément un fier gaillard en lui faisant des beaux yeux. Elle s'allonge le cou et remue la tête d'un côté à l'autre en émettant quelques sons de gorge étranges. J'aurais dû prendre le temps de lui expliquer l'art de la séduction humaine… Oh non! Et voilà qu'elle le contourne et qu'elle se met à se frotter doucement l'épaule contre son dos. Aille, aille, aille, ça va mal finir! Il me semble entendre mon Sir passer des commentaires sur son attitude provocatrice ou encore JA commenter la situation de façon très objective.

Alors que je me décide à aller l'interrompre, je remarque Dorac, seul à la proue du bateau. Je ne peux pas laisser passer cette opportunité. Éomira devrait s'en sortir, elle n'est tout de même pas en danger de mort…

Comme je m'approche de lui, il range quelque chose à l'intérieur de sa veste et me salue d'un simple signe de tête tout en continuant à fixer l'horizon.

— Êtes-vous préoccupé, mon cher Dorac ?

— Désolé, mais ça ne vous regarde pas…

Tiens… Il est un peu moins sympathique tout à coup. Il a peut-être juste la tête ailleurs. Je l'ai peut-être interrompu dans une réflexion profonde. Je me demande ce que voit un cartographe quand il regarde l'horizon.

— Êtes-vous certain que tout va bien ? Parfois, ça fait du bien d'en parler.

— Oui, ça va, il n'y a pas de problème… J'ai simplement hâte que nous approchions de l'île de la Salamandre, mais un long voyage nous attend encore. Je sais que ce trésor m'appelle, comme s'il m'était destiné, comme si j'y trouverais les réponses à plusieurs questions.

Et moi qui croyais que pour les cartographes et autres savants, c'était la découverte qui importait le plus… Quoiqu'il reste un pirate !

— À voir votre volonté, mon cher, nous mettrons sans aucun doute la main dessus. « Le Dragon » n'accomplit-il pas toujours ses missions ?

— Oui, c'est ça, capitaine Drake, encore et encore… soupire-t-il. Veuillez m'excuser…

Dorac se retourne alors, me jette un regard me faisant comprendre que je l'ai bel et bien dérangé dans ses réflexions, puis il se dirige vers sa cabine. Je me dis que je devrai le garder à l'œil.

En le suivant du regard, je vois Éomira qui continue de se tortiller dans tous les sens en produisant d'étranges sons gutturaux, alors que trois membres de l'équipage sont attroupés autour d'elle. Si je n'avais pas autant d'inquiétudes, je trouverais presque la scène comique. Je ne sais pas ce qu'elle pense accomplir ainsi, mais ça doit s'arrêter. Je vais la récupérer en écartant les marins.

— Mais Adria, j'allais les avoir ! Ils étaient maintenant sous mon charme, comme hypnotisés, et ils allaient bientôt parler.

— Oui, Éomira, c'est ça. Ou bien ils avaient trop de respect pour te dire que tu te ridiculisais plutôt bien. Désolée, c'est mon erreur, j'aurais dû t'expliquer comment séduire un homme, et non pas un dragon.

— Oh oui, je vois !… Il y a des différences…

— Quoique, tu aurais probablement charmé mon frère avec cette danse !

Nous rions toutes les deux de bon cœur alors que nous retournons à nos hamacs.

⋆

L'équipage est réuni presque au complet autour de la table pour célébrer la fin d'une première semaine de navigation sans encombre. Après une longue journée de travail en cuisine — ce qui, je dois le mentionner, est difficile dans le cas d'Éomira, considérant son régime passé constitué presque uniquement de farovac cru —, tous les marins ont droit à un véritable festin : viande rouge, patates grillées, pain frais et une tonne de fruits. Voilà une bien belle table ! Ce sont les dernières réserves de nourriture fraîches. Après elles, le poisson directement tiré de l'océan sera la seule source d'alimentation qui ne sera pas sèche ou conservée au sel. Un baril de bière a été ouvert pour l'occasion. Le capitaine, conteur hors pair, relate ses exploits passés pour animer la soirée. La plupart des membres de l'équipage ayant probablement entendu ces histoires des dizaines de fois, il regarde surtout Éomira et moi et s'en donne à cœur joie. Dorac est assis à ses côtés et commente à l'occasion le tout.

— Et alors, trois grands gaillards m'encerclent. Le raid allait si bien jusqu'à présent, il n'était pas question pour moi d'abandonner. Je me battis de toute mon âme et je parvins à m'en sortir victorieux grâce à l'agilité que vous me connaissez. La ville et ses trésors étaient à nous !

— Pourquoi ne mentionnes-tu pas qu'un de ces hommes a réussi à te laisser une belle blessure qui saignait abondamment ?

Le visage de Dorac semble soudainement se durcir, comme si son frère venait de l'insulter… Je sens Éomira faire un mouvement brusque à côté de moi.

— Hum, eh bien !… Oui, j'avais été touché. Malgré mes réticences à repartir, mes hommes n'en ont fait qu'à leur tête et m'ont ramené pour me soigner.

— Ouais, c'est ça, tu parles d'un pirate ! Abandonner son butin pour une petite éraflure… Pathétique !

Un silence de mort s'ensuit, à un tel point que l'on entend les vagues frapper la coque. Personne n'ose parler, fixant en alternance les deux frères. Éomira et moi retenons aussi notre souffle. Le capitaine semble extrêmement surpris de la réaction de son frère, mais il prend une grande respiration, mord dans une nouvelle bouchée de pain et le regarde fixement :

— Je crois que tu es fatigué ce soir, mon frère.

Dorac se contente de reprendre de la bière. Drake, lui, se lance pour une nouvelle histoire :

— C'était une douce nuit du printemps, une petite brise faisait battre les feuilles des arbres à un rythme constant. La cible ? Un convoi espagnol rempli de richesses.

Je pourrais dire que ses talents de conteur rivalisent avec ceux de mon cher Sir, puisque je suis suspendu à ses lèvres à chacun des mots qu'il prononce.

— L'attaque fut rapide et finement exécutée ! Nos adversaires n'eurent même pas le temps de comprendre ce qui leur tombait dessus que nous avions déjà gagné ! Vingt tonnes ! Vingt tonnes d'argent et d'or, voilà notre butin ! Beaucoup trop important pour le ramener sur le bateau, nous en avons enterré la plus grande partie et rapporté ce qui restait. Lorsque nous sommes revenus au bateau…

— Il n'était plus là ! Ha, ha ! Alors ton associé s'est fait capturer et décapiter. Et toi, tu devins recherché mort ou vif par le roi d'Espagne lui-même. Mais quel honneur pour un grand capitaine tel que toi !

— ÇA SUFFIT, DORAC ! hurle Drake d'une voix que je ne lui connaissais pas en se levant brusquement. C'EST QUOI TON PROBLÈME ?

Dorac se contente de répondre d'un sourire malicieux avant de se mettre à mâcher un gros morceau de viande.

— Je te conseille de te tenir un peu plus droit, Dorac. Même si tu es mon frère, tu me dois aussi le respect en tant que membre de cet équipage.

Drake se rassoit et s'attaque à sa chope. C'est Astor qui prend le relais en nous regardant, assis non loin de nous.

— Moé aussi, mes mam'zelles, j'étais là au raid d'la ville! C'est grâce à moé qu'le capitaine est encore en vie d'nos jours!

— Tu as chigné tout le long de la bataille, mauviette! lui lance un autre pirate un peu plus loin dans la salle.

La réplique m'arrache un petit rire. Le visage d'Astor, initialement si souriant, se renfrogne, tandis qu'il réplique avec aussi peu de politesse. Voyant sa main se diriger vers sa chope de bière, j'en profite pour geler sa base à la table de façon imperceptible. Sa surprise et son entêtement alors qu'il n'arrive pas à soulever son verre fait rire Éomira à gorge déployée. Le repas reprend un cours normal, avec différentes discussions ici et là, à la différence que le capitaine ne dit plus un mot et ne fait que jeter des coups d'œil à Dorac.

⋆

La mer est tranquille aujourd'hui, tout comme le reste de l'équipage. Le capitaine Drake est à la barre, alors qu'Éomira et moi sommes accoudées au bastingage, non loin de là, à admirer la beauté de l'étendue infiniment bleue aux alentours. Nous discutons à voix basse, entre amies, partageant du bon temps ensemble. Je sens que nous développons un beau lien.

— Tu sais Adria, en tant que dragonne, je me suis toujours sentie libre comme l'air à Atlantide, puisque je pouvais parcourir le ciel et aller où bon me semble, mais je me suis toujours interrogée sur ce qu'il pouvait bien y avoir au-delà de notre monde, au-delà de cette étendue bleue et de la barrière qui sépare nos royaumes. Aujourd'hui, je ne peux pas voler sous cette forme, mais je vogue sur l'eau, vers l'inconnu et je découvre un tout nouveau sentiment de liberté qui m'enivre.

— Oui, c'est vrai, c'est une belle sensation. Il faut savoir apprécier ces moments.

— Ce que je veux dire par là, c'est que je vous envie énormément pour toutes les aventures que vous avez vécues jusqu'à présent. Je veux dire… Je suis plus âgée que toi, et pourtant tu as un vécu tellement plus riche et tu as contribué à améliorer tant de choses dans le Temps… J'aimerais bien savoir que moi aussi j'aurai contribué à quelque chose de grand.

Je me rapproche d'elle pour encercler ses épaules d'un bras.

— C'est exactement ce qui arrive en ce moment, ma chère amie. Si nous parvenons à contrecarrer les plans de Lornic à cette époque, ce sera en partie grâce à toi.

Nous reportons notre attention sur la mer qui nous entoure, en silence cette fois. La houle et l'air marin me détendent… Jusqu'à ce qu'Éomira me donne un petit coup de coude pour me désigner Dorac d'un signe de tête. Il est en pleine discussion avec Astor et deux autres marins, mais je ne suis pas sûre de comprendre ce qu'elle veut me montrer.

— Qu'est-ce qu'il y a ?

— Je… Je ne sais pas… J'ai cru sentir quelque chose…

— Quelque chose comme quoi ?

— … Rien, laisse tomber… J'ai dû me tromper…

Pourtant, la dragonne ne lâche pas Dorac des yeux. Je l'observe également, jusqu'à ce que des poignées de main soient échangées entre lui et les marins, visiblement satisfaits, et que Dorac se dirige de notre côté.

Nous reprenons alors vivement notre observation de l'océan, suivant ses déplacements l'oreille tendue. Il finit par nous dépasser ; nous jetons un œil de côté pour le voir rejoindre son frère à la barre. Je fais signe à Éomira de rester là et je m'approche subtilement en faisant mine de vérifier les cordages.

— Salut mon frère ! Que puis-je faire pour toi ?

— Arrête tes sobriquets de politesse, Francis. Je suis venu te parler de cet arrêt prévu au port de l'île de la Botte. Nous n'avons pas le temps, il ne faut pas s'arrêter !

— Allons, allons, Dorac ! Une simple journée pour nous réapprovisionner et permettre à l'équipe de se dégourdir un peu, ça ne fera pas de tort.

— Oui, justement ! Il FAUT arriver avant les autres. C'est notre trésor à nous, je le sens ! Et plusieurs sont sur les traces de notre butin.

À en juger par sa voix, Dorac semble furibond.

— Je ne changerai pas d'avis, Dorac. Tu le sais très bien ; pour chacun de nos voyages, si l'occasion se présente, nous faisons une escale environ tous les quinze jours pour changer d'air ! L'équipage en a besoin.

— ARGH ! tu ne comprends donc pas l'importance de ce trésor ! Faire passer tes propres intérêts avant autre chose hein, ça a toujours été ça avec toi !

Je l'entends frapper du pied au sol sur ce dernier mot et faire volte-face pour retourner vers sa cabine.

— Dorac, attends… Dorac, écoute un peu !

Sans broncher, Dorac s'éloigne, laissant le capitaine dans un état d'incompréhension devant le comportement de son frère.

— Mais Dorac… Mais qu'est-ce qui t'arrive à la fin ?

★

— Merci d'avoir répondu à ma convocation, Adria et Éomira. Sachez que j'apprécie énormément votre présence sur le bateau, et il en est de même pour tout l'équipage. Votre contribution à notre expédition sera récompensée.

— Merci bien, capitaine Drake, c'est très aimable, lui répond Éomira alors que je suis trop occupée à observer la cabine du capitaine.

Des cartes du monde couvertes de centaines d'annotations de toutes sortes recouvrent les murs. Sur une table se trouvent différents instruments de navigation que je reconnais grâce aux lectures que nous avons faites avant de partir d'Atlantide. Un compas pour identifier la position du nord magnétique, un astrolabe permettant au capitaine d'identifier la latitude — soit la position sur le globe mesurée en degré au nord ou au sud de l'équateur —, un épais bouquin qui doit lui servir de livre de bord pour prendre des notes sur ses excursions, et un sablier utilisé normalement pour mesurer la vitesse du bateau en nœuds. Si je me souviens bien, il faut lancer à l'eau un bout de bois dont la corde est nouée de plusieurs nœuds, et le nombre de nœuds allant à l'eau pendant que s'écoule le sablier indique la vélocité du bateau. Un nœud désignant un mille nautique à l'heure.

De nombreux coffres sont adossés aux murs, certains entrouverts, la plupart bien fermés, et plusieurs vêtements sont soigneusement suspendus. La pièce est étonnamment propre, bien que nous n'ayons jamais eu comme tâche de nettoyer la cabine du capitaine. Définitivement, « Drake le Dragon » brise tous les stéréotypes de pirates que j'avais en tête. Toutefois, en ce moment, c'est d'un air très grave qu'il s'adresse à nous.

— Je vous ai fait venir pour m'excuser en son nom du comportement de mon frère. Après plusieurs altercations au cours de ces derniers jours, il est maintenant cloîtré dans sa cabine depuis plusieurs journées et il refuse d'en sortir. Ça ne lui ressemble pas du tout…

— Effectivement, il nous avait semblé si respectueux lors de l'embarquement. En fait, il nous faisait beaucoup penser à vous.

— C'est gentil, Adria, et tu as bien raison. Je ne sais plus quoi faire si ce n'est qu'attendre et espérer qu'il entende raison. D'ici là, je vous demande d'être sur vos gardes… J'ai l'impression que quelque chose se prépare et ça ne me dit rien qui vaille. Je ne voudrais pas qu'il vous arrive quelque chose.

— Oh ça, ne vous inquiétez pas, répond Éomira d'un air très souriant. Nous savons très bien nous défendre. Pas vrai, Adria ?

— Que… Quoi… Ah oui ! Tout à fait !

Je me suis perdue dans mes pensées, alors que je repensais à cette époque où mon frère n'était plus du tout lui-même à la suite de la mort de Nellina. Il n'était pas du tout dans son assiette et son comportement le laissait transparaître.

Peut-être que Dorac souffre en silence en ce moment… Je devrais essayer d'en savoir plus.

— Tout de même, prudence mesdames. Sur ce, j'ai d'autres gens à rencontrer, alors je vous souhaite une agréable fin de journée à toutes les deux.

Sur ces mots, nous nous dirigeons vers la porte pour prendre congé.

— Ah, j'oubliais ! Faites attention à Astor aussi. Il vous regarde beaucoup dernièrement. Je crois que vous lui plaisez bien.

Simultanément, un frisson nous parcourt l'échine à Éomira et moi. Le capitaine nous regarde, un petit rictus aux lèvres. Pourquoi faut-il que ce soit Astor ?

CHAPITRE 5

LE BATEAU FANTÔME

Je suis avec Iref et JA ; nous sommes sur le quai en attendant l'embarquement. Il doit y avoir au moins douze bateaux ici, prêts à lever l'ancre. Pas plus tard qu'hier, nous arrivions dans cette ville et cherchions à nous faire recruter, alors que dans quelques heures nous prendrons déjà le large. Décidément, les capitaines ne veulent pas perdre de temps pour commencer cette fameuse course au trésor et l'aventure promet d'être mouvementée.

Ma douce s'apprête probablement à embarquer sur l'un de ces navires, morte d'inquiétude pour nous, se demandant si c'était bien la meilleure solution. Nous nous sommes très peu séparés depuis notre première rencontre. Bien que je sois amoureux d'Adria, être séparés quelques jours sera sûrement bénéfique pour nous. Je suis content de faire ce voyage avec JA et Iref. J'ai tendance à narguer mon beau-frère, mais je l'apprécie énormément en tant que personne. Je suis certain qu'être seul avec lui nous permettra de renforcer nos liens.

— Ah oui ! J'allais oublier ! Iref, j'ai un petit cadeau pour toi.

— Toi ? Un cadeau pour moi ? Devrais-je m'inquiéter ?

— J'ai vu ta réaction devant ton pire ennemi : la mer.

— Pouf! J'ai cru un instant que tu étais gentil, beau-frère.

— En tout cas, j'ai parlé de ta faiblesse aux dragons et, après avoir rigolé, ils m'ont donné ces cachets. Comme ça, tu n'auras plus à perdre la face devant de vrais marins.

— Si tu crois que j'ai besoin de ça. Astu vraiment parlé de ça aux ancêtres?

— C'est toi qui vois. J'imagine te voir tout vert face à ta douce et j'en ris déjà.

— Sais-tu ce que je vais faire, le guignol? Donne-les-moi au cas où un marin quelconque en aurait besoin.

J'obtempère en rigolant. Tiens! On nous fait signe. Sabrina elle-même nous interpelle pour l'embarcation.

— As-tu remarqué, Sir, comme elle est belle?

— Es-tu sérieux, Iref? As-tu vraiment un coup de foudre pour la capitaine? Je croyais que c'était avant tout pour narguer Adria.

— En fait… c'est un peu les deux. Es-tu jaloux?

— En aucun cas, mais fais attention, c'est quand même une pirate et quelque chose me dit qu'elle ne sera pas toujours aussi aimable.

— Et qui te dit que je veux qu'elle soit gentille avec moi?

Un commentaire qui me fait sourire.

— Attention, le petit est là. Il pourrait mal interpréter cette phrase.

— Eh le beau-frère, ne vient pas faire la sœurette ici, nous sommes entre hommes! Laisse ta moralité sur le port, s'il te plaît.

JA s'approche de moi.

— PA, je dois t'avouer une chose, me murmure JA.

— Oui, JA ?

— Maman m'a demandé de tout enregistrer quand vous parliez d'elle. Mon code d'éthique me dit que je dois vous le mentionner.

— Quoi ! Ai-je bien entendu ? s'exclame Iref.

— Le petit fait des blagues, Iref, je crois qu'il a un nouveau programme dans le but de devenir comique…

Connaissant Adria, le petit dit sûrement la vérité. À moins qu'elle ait voulu nous faire une blague… Dans tous les cas, si elle voulait me rendre paranoïaque, elle a réussi ! Je demande à JA de rester discret avec ce genre d'information et de toujours me prévenir avant d'informer Iref des intentions de maman.

Après tout, étant son père, je dois m'assurer que le petit ne soit pas jeté à l'eau avant notre arrivée…

Dès que nous montons sur le bateau, JA s'empresse de nous en faire sa description :

— Nous sommes, papa, sur un navire de type brigantin de petit tonnage, à deux mâts : un grand mât, à l'arrière, et le mât de misaine, plus petit, à l'avant — gréés entièrement en voiles carrées, avec une brigantine à l'arrière. Le brigantin était l'un des navires les plus rapides. De ce fait, il était donc utilisé dans la piraterie, ainsi que pour les missions militaires. Le brigantin transporte généralement une trentaine d'hommes ainsi qu'une dizaine de canons.

— À vrai dire, lui dis-je en l'interrompant, je m'attendais à quelque chose de plus… plus grandiose.

— Mais papa, il est très grand ce bateau pour un brigantin.

— Regarde le positif, Siro ; comme ça, la compétition sera plus facile pour Sabrina, me lance Iref avec un sourire.

— C'est quoi ce SIRO ?

— C'est un diminutif de Sirendenvel, avec une touche amicale. N'aimes-tu pas ?

Je jette un œil à JA avant de répondre.

— OK ! On va avec Siro.

Je dois faire attention à mes commentaires — surtout maintenant que je sais que le petit enregistre. Pendant que je me demande à quel point je déteste ce nouveau surnom, Sabrina s'approche de nous :

— Je tenais à vous souhaiter personnellement la bienvenue sur mon humble demeure. Elle se nomme la *Perle des Mers* !

— Merci, Sabrina, réponds-je. Vive la *Perle des Mers* !

— Papa trouve le bateau petit, rajoute spontanément JA.

Je toussote et je m'empresse de corriger le tir :

— JA ! Tu n'as pas très bien compris. Je disais que pour le non connaisseur, ce bateau peut paraître petit, mais dans les faits, il est très grand pour un brigantin. Vous avez bien 10 canons, n'est-ce pas ?

— Connaisseur… laisse tomber Sabrina, étonnée. Oui, effectivement, j'en suis très fière. Un butin de notre dernière expédition. Probablement l'un des plus grands et des plus rapides brigantins à bien des lieux.

S'ennuyant visiblement avec cette discussion de bateau, Iref nous interrompt :

— Sache, Sabrina, que nous sommes là pour toi et pour t'aider dans tout ce que tu veux. N'hésite pas à nous interpeller.

— Quel charmeur tu es, Iref!

Le sourire et le regard de Sabrina me laissent supposer qu'Iref lui est tombé dans l'œil.

— Je dois faire l'accueil des autres membres de l'équipage. Ne soyez pas gênés de venir discuter quand vous voulez. Moi-même, je risque de venir vous consulter régulièrement. Y voyez-vous un inconvénient?

— Oh que non! s'empresse de répondre Iref.

— En attendant, profitez-en pour faire connaissance avec mon précieux vaisseau. Et comme vous avez un connaisseur avec vous, vous aurez sûrement droit à une visite guidée.

Une fois Sabrina partie, JA se tourne vers moi avec ses yeux bien ronds :

— C'est qui, papa, le connaisseur?

— C'est toi, JA, c'est toi.

★

Un peu plus tard, en soirée, l'équipage se regroupe afin de partager quelques histoires croustillantes autour d'une bonne bouteille de rhum — une de leurs traditions. Dans les faits, ce rituel est pratiqué chez plusieurs peuples; il permet de mobiliser les troupes et de créer un sentiment d'appartenance. Les anciens elfes partageaient souvent leur savoir de cette façon. Je me rappelle ces longues nuits autour du feu pendant lesquelles les sages se relayaient pour ravir les jeunes des contes et des récits de leurs aventures. Je n'avais encore jamais pu me rendre autour du cercle en tant que guerrier ayant quelque chose à raconter. J'avais quitté mon époque avant de réellement vivre des aventures. Si je pouvais y retourner maintenant, j'aurais tellement à transmettre aux nouvelles générations!

Bref, connaissant Iref et son désir de vouloir impressionner la capitaine Sabrina, je ne suis pas surpris de le voir en ce moment même au cœur du groupe, racontant diverses histoires des plus impressionnantes. Généralement, c'est moi qui ai ce don de la parole, mais cette fois-ci, Iref n'a rien à envier à qui que ce soit. Bien que ses légendes ne soient pas réelles, elles sont parsemées de quelques événements que nous avons bel et bien vécus.

Il raconte nos aventures avec les vampires, celles avec les dragons, les nymphes, les minotaures et plus encore. Tous sont estomaqués par la précision de ces détails. S'ils savaient…

Au moment où mon cher ami devient de plus en plus populaire, il est interrompu :

— Ferme-la, fillette, tu en as assez dit! beugle une grosse voix.

Iref, possédant un caractère légèrement bouillant et une répartie aiguisée, lui répond d'une voix ferme pour que tous puissent entendre :

— Si tu as quelque chose à dire, trouillard, viens me le dire directement!

Le silence se fait aussitôt. À voir la tête des marins, j'ai l'impression que nous sommes les seuls à ne pas savoir à qui appartient cette voix. Le cercle s'agrandit autour d'Iref.

Quelque chose me dit que ça risque de chauffer…

La foule s'écarte pour laisser passer un colosse qui a de quoi faire peur aux morts. Il doit mesurer deux têtes de plus qu'Iref.

— Pa, le monsieur ressemble au gros géant, tu sais, le cyclope que tonton avait combattu aux Jeux olympiques ?

— En effet, JA…

— Tonton va-t-il combattre le très gros géant ? Vas-y, tonton !

— Chut, JA !

Dans un geste sournois, l'homme-monstre s'élance et frappe de tout son poids Iref en plein visage. Le choc est si fort qu'il fait perdre pied au demi-dragon, qui tombe sur le dos.

Aussitôt s'enchaînent cris et gages :

— Une bataille ! Deux pièces sur Victor.

— Une pièce sur le nouveau.

Un autre homme s'apprête à se joindre à l'affrontement en sautant sur Iref, mais d'un geste vif et déterminé, j'interviens et je lui fais comprendre qu'il a intérêt à ne pas se mêler à ce combat. Rien de tel que la bonne vieille méthode de la lame sous la gorge pour se faire écouter. Ce geste semble décourager ceux qui envisageaient de faire tourner ça en bagarre générale. Je relâche donc ma prise sur l'homme et je me concentre à nouveau sur mon beau-frère et son adversaire.

Iref se relève, humilié et colérique, et saute sur ce mastodonte. Le beau-frère est probablement fou de combattre au corps à corps contre ce monstre, mais le connaissant, il agit à l'instinct.

Malgré l'adresse des coups d'Iref, le titan arrive à l'empoigner, le soulever à bout de bras et le lancer à plus de deux mètres.

Ce geste soulève les cris de la foule.

— Eh, papa, c'est pareil que le combat de tonton contre le cyclope aux jeux Olympiques, te rappelles-tu ? Vas-y, tonton !

Bien que JA semble apprécier le spectacle, Iref ne va pas très bien et le combat prend une tournure que je n'aime pas. Devrais-je intervenir ? Si je le fais, les autres risquent de m'imiter et on ne contrôlera plus rien.

Après quelques secondes d'inactivité, Iref reprend son souffle. Par orgueil et accompagné par les encouragements des spectateurs, il se remet sur ses pieds, de peine et de misère. Peu d'hommes se seraient relevés de cette douloureuse chute. Il lance un regard vers Sabrina, qui lui répond d'un sourire plutôt provocateur.

Ce qui suffit pour motiver Iref… Il se gonfle le torse et reprend une position de combat tout en provoquant son adversaire avec arrogance, comme lui seul sait le faire :

— Viens, mon gros poisson-chat. C'est tout ce que tu peux faire ?

Avouons qu'il a le sens du spectacle, le beau-frère. La foule s'agite. Appréciant aussi la scène, je constate que de nombreux pirates semblent avoir changé de camp.

La bête crache un cri horrible et se lance avec colère vers le demi-dragon. Je crois que l'arrogance d'Iref lui a fait exploser une cellule ou deux. Plus déterminé que jamais, le beau-frère effectue un déplacement rapide vers la droite, accompagnant son geste d'un croche-pied qui propulse le géant face contre terre. Je dois le reconnaître, cette technique a été très bien exécutée. D'ailleurs, je crois même que c'est moi qui la lui ai apprise.

Personnellement, j'aurais profité de ce déséquilibre pour en finir, mais pas Iref, voyons! Il désire visiblement faire durer le spectacle le plus longtemps possible, surtout que Sabrina paraît l'apprécier. Il profite alors de son avantage pour le ridiculiser un peu plus.

—Viens mon gros rat. C'est tout ce que tu peux faire?

Le colosse se relève, grimaçant et boitant. La foule s'emballe et acclame de nouveau Iref.

Le colosse, ayant apparemment appris de son erreur, avance cette fois-ci avec la prudence d'un chat — d'un très gros chat. Dans un geste plutôt détendu, le géant amorce un coup de poing en direction de la tête d'Iref. D'un réflexe, le beau-frère s'accroupit, évitant de justesse cette main démesurée. Profitant de la continuité du mouvement de son adversaire, il saute littéralement à son cou et s'empresse de lui faire subir une prise de soumission.

Nous nous sommes exercés plusieurs fois sur la technique de cette prise, et Iref la maîtrise parfaitement – une technique à laquelle, lorsqu'elle est bien exécutée, personne ne peut résister.

Quelques secondes suffisent pour que le mastodonte tombe inconscient. Iref récolte ainsi la victoire et le respect des pirates les plus réfractaires.

—Tonton est le meilleur, tonton est le meilleur! Après papa, bien sûr! chante JA.

Je m'empresse d'aller rejoindre Iref.

— Bravo, le beau-frère, nous avons maintenant le respect de tous. N'oublie pas, toutefois, qui t'a enseigné cette prise.

★

Visiblement heureuse de cette prestation, Sabrina nous invite dans sa cabine. Ce qui capte mon attention, dans cette grande pièce qui lui est réservée, ce ne sont ni les cartes marines détaillées accrochées aux murs ni les nombreux mousquets et sabres soigneusement rangés dans un coin, mais son bureau qui déborde de dessins divers, signés de sa main. Je suis admiratif; elle est très douée. Je serais curieux de feuilleter ses œuvres, mais je crains que ce ne soit pas vraiment le moment.

— Bravo, les gars. Aujourd'hui, vous avez gagné la confiance de l'équipage, donc vous serez promu. Tu dois connaître la coutume, Iref... Comme tu as vaincu le maître d'équipage, tu prends sa place. J'en suis heureuse. Quant à toi, Sir, après que tu as menacé mon maître-canonnier de ta lame, il me semble que tu ne manques pas de caractère ! Tu as osé prendre ta place au risque d'affronter le reste de l'équipage. Je te confie donc son poste ; tu seras mon nouveau maître-canonnier. Et toi, petit, tu seras cambusier.

Comme à son habitude, JA s'empresse de nous définir les termes. Pour une fois, je le laisse faire, ne sachant pas trop dans quoi nous nous sommes embarqués.

— Le maître d'équipage assure le lien entre les hommes et le commandement. Il est chargé de la mise en œuvre des ordres du second. C'est aussi lui qui motive les hommes, organise les groupes et coordonne leurs actions. Il sert aussi de médiateur lors de litige entre les pirates. Il doit souvent s'imposer pour faire régner la discipline. Le maître-canonnier, lui, est le meilleur artilleur. Il veille à l'approvisionnement des canons et aux stratagèmes de combat. Ses hommes sont répartis en petit groupe, chacun gérant une pièce. Il transmet les ordres du second en corrigeant les erreurs tactiques. Sur un navire-pirate, les postes de maître d'équipage et de maître-canonnier sont occupés par des matelots qui en sont dignes. S'il existe des hommes plus compétents, ils prennent leur place. Le cambusier s'occupe de la maintenance des vivres, de l'eau, du bois à brûler et des autres réserves. Il accommode les vivres fraîches, salés ou séchés et il fabrique les tonneaux pour les stocker. Il organise des battues afin de liquider les rats à bord. Il informe le commandement lors de pénuries.

— Ça va aller, JA, on sait tout ça, complète Iref, ne voulant pas perdre la face.

— Ah oui ! Ah bon ! Désolé, tonton.

— Et qui est le second ? demande Iref.

La capitaine étale un grand sourire pétillant.

— Tiens, de l'ambition ! J'aime ça. C'est Doubahr. Il me suit depuis plusieurs années. C'est mon bras droit et il a toute ma confiance ! Mais qui sait, il y a toujours place à la compétition dans la piraterie.

Les yeux du beau-frère pétillent à leur tour.

— Et il n'y a pas plus compétitif que moi, je vous l'assure !

— Bien ! C'est le genre de chose que j'aime entendre !

Elle porte son regard sur moi :

— Vous pouvez disposer, Sir. J'ai à parler un peu plus en détail à Iref à propos de ses… aspirations !

Je les regarde tous les deux, ayant des doutes quant à leur prochain sujet de conversation.

— Merci, capitaine. À plus tard, le beau-frère.

Je ferme la porte derrière moi et je m'éloigne en direction du pont avec un ricanement sur le bord des lèvres. Ces deux-là se sont vraiment tapé dans l'œil. Qu'en penserait Adria ?

— Pa ? Est-ce normal que le rythme cardiaque de tonton Iref et du capitaine ait augmenté juste avant que l'on sorte ? Est-ce qu'ils vont bien ?

— Oui, JA, c'est tout à fait normal.

⋆

Les jours suivants ont été épuisants. Iref se prend vraiment pour le maître d'équipage, donnant des ordres à tout un chacun. Et toute occasion est bonne pour un suivi à la capitaine.

Du côté de JA, il prend son rôle très au sérieux. Sa fonction principale est de se débarrasser des rats. Le voir les attraper est un vrai spectacle ! Tous les pièges imaginables sont installés dans la cave, il faut faire attention où l'on met les pieds.

De mon côté, j'utilise ma fonction de maître-canonnier pour investiguer davantage sur ce soi-disant trésor — mais rien de convaincant pour l'instant. Une fois que j'ai trié ce qui est vrai de ce qui tient plutôt des ragots de pirates, j'arrive à la conclusion que seule Sabrina connaît véritablement les réponses. J'ai hâte d'avoir la confirmation qu'il s'agit bien du fragment. Aussi, j'aimerais connaître les embûches qui se présenteront en chemin.

Iref, JA et moi sommes sur le point d'aller questionner Sabrina quand nous sommes arrêtés par un cri percutant :

— Capitaine ! Capitaine ! lance le gabier installé sur la hune. Bateau pirate à tribord.

La capitaine Sabrina traverse rapidement sa cabine pour scruter l'horizon. Il y a effectivement un navire qui semble échoué sur un récif.

— Déclenchez les manœuvres de guerre ! hurle Sabrina.

Les hommes accourent ; chacun prend ses fonctions. Quant à moi, je m'empresse de descendre à la cale, coordonnant ainsi la disposition des canons, prêt à donner l'ordre de tirer.

À notre grande surprise, le bateau ennemi ne répond pas à nos manœuvres. Nous amorçons donc une approche d'accostage. Une fois un peu plus près, nous constatons que ce bateau est en ruine, troué et brisé par des boulets de canon. Sur la coque est écrit en noir charbon : *LE REQUIN NOIR*.

L'embarcation est devant nous ; nous pouvons maintenant l'observer dans ses moindres détails. Animé par le vent oscille un drapeau représentant un requin. Ses voiles abîmées ondulent et sifflent. Sa coque est perforée de toutes parts. Sur le pont se dresse une grande cheminée noire. Et au niveau de la proue, un énorme canon pointe droit vers nous.

— Ne t'inquiète pas, Sir, dit Iref. Ce canon ne risque pas de nous tirer dessus.

— Mais qui t'a dit que j'étais inquiet ? C'est moi maintenant le maître- canonnier, l'as-tu oublié ? C'est plutôt de ta nouvelle attitude que je m'inquiète. JA, as-tu des informations sur ce *Requin Noir* ?

— Bien sûr, papa. D'après mes sources historiques, le *Requin Noir* appartenait au célèbre pirate le Racal. Ce bateau est une légende. Il a œuvré au cœur des plus incroyables aventures de pirate. Il coula au début du XVIIe siècle lors d'un affrontement qui dura quatre jours.

Malheureusement, trop d'éléments me laissent croire que cette partie de l'histoire vient d'être modifiée.

— J'ai un mauvais pressentiment. Nous sommes au moins 10 ans trop tôt pour le voir couler. Et si ma mémoire ne me fait pas défaut, ce bateau a pris le large en même temps que nous, donc c'est impossible qu'il ait quatre jours d'avance sur le nôtre.

— Je crois que le *Requin Noir* n'aura pas la même fin que prévu.

— Tu as raison, Iref. J'ai bien peur que cette expédition ait des impacts sur l'histoire. Espérons que ça ne bouleverse pas trop le futur.

— Papa, exprime piteusement JA, maman va être très fâchée. Tu sais, elle m'a déjà réprimandé pour ça.

— Ne t'inquiète pas, JA ; pour une fois, ce n'est pas notre faute. Au contraire, on essaie de limiter les dégâts.

— Nous devrions aller l'inspecter, suggère Iref.

— Très bonne idée, mais ce serait mieux d'y aller seul.

— OK, je m'en occupe.

Iref s'avance vers Sabrina, d'un pas rapide.

— Capitaine ! capitaine !

— Oui, Iref ?

— Je me propose pour aller explorer cette épave avec Sir afin de ne pas exposer inutilement la capitaine et son précieux équipage à un danger. C'est le *Requin Noir*, nous connaissons bien ce bateau et ses recoins.

— Et mon précieux équipage, tiens donc ! Tu commences à parler comme un second, toi.

Sabrina éclate de rire et dépose sa main sur son épaule en guise d'accord.

— Alors, vas-y, Iref ! Allez-y en éclaireurs, nous vous rejoindrons.

Nous embarquons dans cette épave avec prudence. Iref a dégainé son sabre et moi, mon arc. Un silence de mort y règne. Une odeur de cadavre nous donne des haut-le-cœur. Nous devons arracher quelques planches pour entrer dans la cale. Iref allume une torche en faisant apparaître une flamme, nous laissant entrevoir un tableau d'horreur.

Un grand frisson me parcourt l'échine. C'est affreux. Des cadavres garnissent le sol. Un saccage horrible. L'équipage tout entier a été éliminé.

— Ils ont été attaqués, tués et laissés ainsi, exprime Iref, bouleversé. Je n'ai pas tendance à avoir de la compassion pour des étrangers, mais quel homme peut agir ainsi ? Même un pirate a des limites.

J'examine rapidement les lieux pour en arriver à une tout autre conclusion.

— À vrai dire, je crois plutôt qu'ils ont été enfermés ici. Regarde les entraves sur les accès. Nous-mêmes avons dû en démonter une pour entrer. Ils ont dû être canonnés ensuite.

Je prends quelques minutes pour examiner tout cela plus attentivement.

— À en juger par les traces, la plupart sont morts au bout de leur sang… Je crois même que celui-là s'est suicidé… Il ne devait pas vouloir attendre la mort…

— Quoi ! Ce scénario est encore plus horrible. Quelque chose me dit qu'il vaut mieux ne pas rester ici. Allons faire notre rapport à Sabrina.

— Tu as raison. Et brûlons cet endroit en sortant.

Alors que je m'apprête à sortir, je me fige près d'un cadavre étrangement vêtu. C'est un jeune homme athlétique à la peau foncée et aux cheveux noirs. Il porte une tunique inaccoutumée, confectionnée en peaux d'animaux. À son cou, en guise de collier, pend une griffe.

Je sors de mon observation quand Iref me demande de me dépêcher.

Une fois sorti de l'épave, en toute discrétion, le demi-dragon lance une boule de feu sur le pont qui s'enflamme instantanément. En regardant cette terrible scène, je me félicite d'avoir pris la sage décision de laisser le petit sur le bateau.

Nous arrivons à la cabine du capitaine avec hâte, voulant lui signaler que l'épave a pris feu et que nous devons nous en éloigner le plus vite possible, mais à notre grande surprise, on nous informe que Sabrina est déjà partie à notre recherche. Pourtant, notre absence a été de courte durée… Iref fait un bond sur lui-même et s'apprête à redescendre du bateau lorsque je l'attrape par le chandail.

— Il faut aller la chercher ! On a brûlé l'épave, elle est peut-être prise à l'intérieur !

— Calme-toi. La capitaine en a vu d'autres, elle va s'en sortir…

Bien entendu, son absence m'inquiète aussi, mais je tente de me convaincre avec ces mots. Quelques minutes passent et, enfin, Sabrina revient — et elle n'est pas seule.

Elle est accompagnée d'une dizaine d'hommes à l'habillement étrange. Quand ils arrivent près de nous, nous constatons qu'il n'y a pas seulement leurs vêtements de bizarre, mais leur corps tout entier. Ils sont de chair et d'os, toutefois leur peau semble morte, tendue sur leur squelette, noircie de suie et marquée de blessures.

— On dirait, Iref, que ce sont les pirates que l'on a aperçus dans l'épave.

— C'est impossible. Ils étaient morts et on les a même brûlés.

— Papa, les pirates sont un peu bizarres, non?

Je constate avec inquiétude que l'un d'eux est le pirate que j'ai entrevu en sortant. Celui à la peau plus sombre et aux vêtements de peaux. Comment est-ce possible? Je n'en ai aucune idée! Par contre, s'il y a bien une chose que j'ai apprise avec ces voyages dans le Temps, c'est de ne plus être surpris de l'impossible.

Quant à Sabrina, je ne le remarque que maintenant, mais elle a… quelque chose d'inquiétant dans le regard… Serait-ce la magie de Lornic qui est à l'œuvre? La raison pour laquelle Sabrina était dans la vision d'Éomira?

Mais qu'est-ce qui s'est passé sur ce maudit bateau?

L'équipage commence tranquillement à se rassembler sur le pont pour observer leur capitaine et son escorte particulière. Des murmures se font entendre à droit et à gauche. J'espère qu'ils ne réaliseront pas que les nouveaux venus sont des morts-vivants…

Je m'empresse d'aborder Iref, en retrait de JA.

— Iref, il faut faire attention à notre réaction. Je t'en parle principalement à cause de ton attirance envers Sabrina. Notre comportement par rapport à ce qui arrive va avoir une répercussion sur notre voyage. Pense à la quête et au petit. On ne sait pas ce qui s'est passé sur ce bateau, mais l'important est de ne pas faire de vagues ! Sinon, on risque de se griller...

— Et comment une personne doit-elle se comporter en apprenant que sa petite amie est une nécromancienne qui ramène les morts à la vie ?

Il n'en est visiblement pas heureux, mais il acquiesce. C'est à ce moment que Sabrina prend la parole pour s'adresser à ses hommes :

— Ces survivants du *Requin Noir* vont désormais faire route avec nous ! Je les intègre à l'équipage et ils nous aideront à trouver le trésor !

La réaction de l'équipage semble mitigée. Plusieurs accueillent les nouveaux avec emballement et curiosité, mais d'autres, qui doivent sentir que quelque chose ne va pas, semblent inquiets et ne sont qu'à un poil de répondre avec violence.

Voyant la situation prête à dégénérer, je lance haut et fort :

— De nouveaux matelots ! Nous sommes plus près que jamais du trésor ! Gloire à Sabrina ! Gloire à Sabrina !

Iref me regarde d'un air inquiet et décide malgré lui de me rejoindre dans ma lancée :

— Gloire à Sabrina ! Gloire à Sabrina !

— Bravo, Sabrina ! nous suit JA, heureux que son papa et son oncle s'expriment ensemble.

Notre charisme prend brusquement effet et l'équipage se joint :

— Bravo à la capitaine ! Gloire à Sabrina !

Sabrina se dirige vers nous, accompagnée de ses nouveaux sbires :

— Merci les gars d'être avec moi. Vous ne le regretterez pas, je vous le promets.

Je retiens un frisson. Maintenant qu'elle est à côté de nous, je le sens clairement : quelque chose a changé dans son aura.

CHAPITRE 6

CONFLIT SUR LE PONT

Je nage au cœur de l'immensité bleue. Je me sens bien, détendue. Je vois le fond de sable blanc et les algues qui valsent dans le courant. Des poissons se déplacent en banc, leurs écailles miroitent sous la lumière du soleil qui perce les flots. La nuée aquatique toutefois se disperse soudainement, laissant place à plusieurs silhouettes humanoïdes à queues de poisson : des sirènes.

Je m'approche d'elles, heureuse de les voir. Elles me sourient et se mettent à nager en rond autour de moi. Est-ce pour me dire quelque chose ?

Je tends les mains vers l'une d'elles, essayant de les comprendre. Celle-ci quitte le cercle et vient vers moi — entre ses mains, quelque chose brille.

Tout à coup, les sirènes sont saisies par de grands tentacules noirs qui les aspirent dans un abîme sombre alors qu'elles se débattent et hurlent. Mon sang se glace dans mes veines devant un tel spectacle — je me fige d'horreur.

— Adria…

Je me retourne brusquement en entendant mon nom.

Sir est là, flottant la tête en bas, les yeux entrouverts. Il tend désespérément les bras vers moi, alors que le courant marin l'éloigne peu à peu. Je tente de le rejoindre sans parvenir à bouger. Je nage de toutes mes forces, j'utilise mes pouvoirs, mais rien à faire ! La distance qui nous sépare s'agrandit ! Encore et encore, il devient de plus en plus flou alors que les rayons du soleil disparaissent graduellement, assombrissant l'étendue bleue. Je le vois qui continue de s'éloigner, rapetissant à vue d'œil, jusqu'à ce qu'il ne devienne qu'un petit point au loin et qu'il disparaisse pour de bon, laissant place à une aveuglante lumière blanche brillant de mille feux.

⋆

Je me réveille, les larmes aux yeux, plongée dans une grande confusion. Les sirènes… J'avais fait un autre rêve avec des sirènes en Atlantide avant de partir, je m'en souviens. Par contre, le sentiment était différent. Tellement d'horreur et de désespoir cette fois… Ce que cette sirène avait entre les mains… Était-ce le fragment ? Mais alors… Est-ce que ça veut dire que Lornic est sur le point de s'en emparer ?

Je me redresse pour prendre quelques bonnes respirations. Du calme… Ce n'était peut-être pas une vision… Seulement un rêve — la ligne entre les deux est parfois mince. En même temps que ses pouvoirs, Nellina, l'ancienne oracle du peuple des elfes, m'a aussi transmis un collier permettant de neutraliser cette capacité lors du sommeil. Je ne le porte plus depuis longtemps, ayant accepté les visions comme des guides essentiels.

Ce qui me trouble le plus demeure cette image de Sir qui s'évanouit au loin. J'espère que rien ne lui est arrivé. J'ai un mauvais pressentiment. Je prie pour qu'il soit sain et sauf. Après avoir effectué un voyage clandestin dans le Temps, je l'ai sauvé de la mort au Moyen Âge et, depuis ce jour, il est le centre de mon monde. Je ne sais pas ce que je ferais sans lui.

— Adria… Adria ! Il y a de l'agitation sur le pont, peut-être que l'on devrait aller voir.

À en juger par les rayons du soleil qui s'immiscent dans les quelques accès entrouverts, la journée est déjà bien entamée. La majorité des marins semblent sur le pont et, d'après les éclats de voix, il y a une dispute en cours.

— Tu as raison. Allons voir ce qui se passe !

Alors que nous grimpons à l'échelle, je reconnais les voix de Drake et de Dorac. Il est enfin sorti de sa cabine, celui-là ! Mais à en juger par leurs tons explosifs, je ne suis pas certaine qu'il y ait là de quoi se réjouir.

Les deux frères sont face à face, Dorac est pourpre de colère alors que Drake semble aussi avoir de la difficulté à se contenir. Il a la main à proximité de la poignée de son épée accrochée à sa ceinture, prêt à réagir.

— Tu oses sortir de ta cabine après t'être enfermé trois jours et venir m'insulter comme ça ? Je ne sais pas quelle anguille t'a mordu, mais tu n'es plus le même, Dorac !

— C'est toi qui n'accordes visiblement pas assez d'importance à ce trésor ! L'homme nous l'a dit, rien au MONDE ne saurait égaler sa valeur ou sa puissance. RIEN ! ALORS, IL NOUS LE FAUT !

— Mais tu es fou d'y croire à ce point ! Nous ne savons rien de la véracité de ses dires ! Ce pourrait bien être que des foutaises !

Dorac dégaine son sabre dans un cri de rage et s'élance sur son frère. Débute alors un brutal affrontement. Tous les marins mettent en veille leurs activités pour regarder le combat qui s'entame entre les deux hommes les plus respectés du bateau. Certains s'approchent même pour y assister de plus près et encourager les participants, tout en restant hors de portée des lames.

Les sabres s'entrechoquent avec violence. Drake ne tente pourtant pas d'atteindre son frère, mais plutôt de le raisonner à la force de ses mots :

— Ça ne sert… à rien… de discuter… Ensemble, nous serons… bien plus fort… Arrête-toi, par toutes les mers !

— Après ce combat, cher frère, on fera à ma façon !

Coups en haut, coups en bas, pirouettes autour du mât principal, coups de pied pour déstabiliser et balayages horizontaux de sa lame pour tenter d'atteindre la gorge. Ce traître ne pourrait être plus clair dans ses intentions : il tente de tuer son frère !

Juste à côté de moi, j'entends Éomira grogner et s'agiter, tapant du pied. Visiblement, quelque chose la tracasse.

— Qu'est-ce qu'il y a ? Quelque chose ne va pas ?

— Je… je ne sais pas ! grogne Éomira. L'énergie de Dorac… Elle a changé ! Adria, j'ai un très mauvais pressentiment… On doit intervenir !

— Non, c'est trop tôt encore pour dévoiler nos pouvoirs. Et s'imposer physiquement ne me dit rien qui vaille. Attendons de connaître la suite…

Je vois dans ses yeux que ma décision ne lui plaît guère. C'est tout son corps qui semble vouloir intervenir. En cet instant, j'ai d'ailleurs plus l'impression de voir un dragon devant moi qu'une jeune femme. Ses sens sont visiblement en alerte.

— D'accord, tu dois avoir raison… se calme la dragonne. Mais si le capitaine…

— Ce n'est pas souhaitable, je sais, mais il devrait s'en sortir. Il ne faut pas entacher son honneur non plus. Être secouru par des femmes, imagines-tu ? Tiens-toi quand même prête, juste au cas où. D'ici là, cachons-nous derrière ces caisses !

Je force Éomira à se mettre à couvert avec moi afin d'assurer notre propre sécurité.

Alors que Drake commence à s'épuiser, je le vois tout à coup changer d'attitude. Son regard est à présent plus dur, plus déterminé. C'est à croire qu'il a décidé de passer aux choses sérieuses en voyant qu'il ne pourrait pas raisonner son frère.

Ses coups sont maintenant beaucoup plus vigoureux et prennent davantage d'ampleur, forçant Dorac à reculer. Après quelques nouveaux échanges bien musclés de part et d'autre, le traître perd pied et tombe lourdement sur le dos. Aussitôt, Drake lui met le pied sur sa main tenant son épée, l'obligeant à la laisser tomber dans un cri de douleur.

— Ah ! Ah ! ricane Dorac. Finalement tu n'as pas perdu la forme, cher capitaine. Il était temps que tu nous prouves un peu ta valeur !

— Malheureusement pour toi, cher frère, tu viens de prouver ta déloyauté et à quel point tu menaces la réussite de l'expédition… Pour cela, tu seras mis à fond de cale jusqu'à notre retour ! Qu'on l'en… ARGH !

Un coup de feu retentit : le capitaine titube en se tenant l'épaule, son arme allant choir sur le pont.

Six hommes dégainent rapidement leur sabre et accourent en direction des cordages où un homme de l'équipage est accroché, mousquet fumant à la main.

Toutefois, avant d'atteindre leur cible, les hommes se font barrer la route par… le reste de l'équipage ! Il y a même quelques pistolets brandis au travers du lot, forçant le groupe à freiner leur course.

— Non, mais c'est une blague ?

— C'est assez, il faut l'aider ! Je vais…

— Non, Éomira ! Attends… Si presque tout l'équipage est du côté de Dorac et que l'on démontre une résistance, ça risque de mal se finir. On sera plus utile si l'on garde un profil bas.

— C'est… Je… Oui, tu as raison, désolée de m'être emportée…

Son air rageur me laisse croire qu'elle n'est pas si désolée qu'elle le prétend, mais je le lui pardonne. La situation ne m'enchante pas plus qu'elle.

Cependant, je préfère agir avant qu'un autre coup de feu ne soit tiré. D'un léger mouvement de la main, je crée une forte bourrasque afin de faire perdre prise à l'homme dans le cordage qui a blessé le capitaine. Surpris, il effectue un vol plané et vient s'écraser sur le pont. Je crois même entendre un fort craquement et un cri de détresse. La chute devait être trop haute pour ce que ses jambes pouvaient supporter sans se briser.

Un second coup de feu et un nouveau cri me parviennent. Cette fois, c'est un des six hommes encore fidèles à Drake. Le visage crispé par la douleur, celui-ci s'effondre à plat ventre ; on lui a tiré dans le dos. Un autre traître a eu le temps de grimper au cordage de l'autre côté du pont pour les prendre par surprise et faire la première victime mortelle de cette mutinerie. Je n'arrive pas à y croire… Comment Dorac a-t-il pu mettre de son côté tout ce monde ?

— Merik, non ! hurle Drake, la main tendue vers le cadavre.

Dans ce qui semble être un excès de rage désespéré, les cinq hommes restants reprennent leur course vers le groupe de rebelles. C'est alors qu'Astor sort du groupe et se poste à l'avant des mutins, arrêtant de nouveau la course des pauvres marins désemparés.

— J'ferais pas ça si j'tais vous…

— Astor… Tu vas nous le payer !

— Essaye dont d'me l'faire payer, j'voudrais bin voir ça !

Son interlocuteur ne répond pas à cette réplique, si ce n'est qu'il laisse échapper un grognement en serrant les dents, sachant très bien qu'il ne ferait pas le poids contre cette brute. Entre-temps, Dorac a repris le dessus sur « le Dragon » en profitant de sa blessure à l'épaule pour le ramener au sol.

— Ha ! Ha ! Ha ! Alors, mon frère, il semble que ce navire a un nouveau capitaine ! Astor, enferme-moi cette crapule dans la cale, qu'il y pourrisse jusqu'à notre retour. Peut-être changera-t-il de camp lorsque nous aurons conquis les richesses à venir.

— Oui, cap'taine Dorac ! Tout d'suite !

— Tu vas me le payer, Dorac ! Je vais…

Un silence de mort s'ensuit alors que Drake coupe net sa phrase, figeant entre les mains de son escorte qui joue de sa blessure pour le faire gémir de douleur et l'empêcher de cracher sa haine. Éomira s'hérisse de ne pouvoir agir ; je dois la serrer contre moi pour l'empêcher d'aller se jeter dans la gueule du loup. La situation me rend malade moi aussi, mais je me force au calme.

— Que… qu'est-ce que c'est que ça ?

Nous tournons tous la tête d'un même mouvement. De l'homme mort sur le pont s'échappe un mince filet de vapeur verte. Tous les regards sont tournés vers ce phénomène étrange. Rapidement, le filet s'épaissit et forme une silhouette bien distincte. Merik ! Je n'en crois pas mes yeux… Merik se tient là, debout, sous une forme vaporeuse, les pieds au travers de ce qui était, il y a quelques minutes encore, son corps, scrutant du regard les passagers du bateau d'un air d'incompréhension.

— Adria… me chuchote Éomira. Je sens beaucoup de… Il y a des perturbations… Quelque chose a été troublé. Mon instinct est en panique ! Ça ne me dit vraiment rien qui vaille…

— Moi non plus… Ce doit être une partie du plan de Lornic… Je suis complètement dépassée par les événements. Essayons encore de nous faire discrètes pour le moment, le temps de comprendre ce qui se passe…

Je vois dans le non verbal d'Éomira qu'elle n'est toujours pas à l'aise avec l'idée de ne rien faire, mais elle prend sur elle et se calme, bien que grinçant des dents.

Le visage de tous les hommes du bateau affiche à présent une consternation déroutée ou un profond sentiment de frayeur. Tout le monde reste figé sur place. Tout le monde, sauf Dorac, qui semble plutôt fasciné par cette apparition. Ce dernier s'approche tranquillement du fantôme qui se met à le scruter sans bouger.

— Fa-sci-nant ! Tout à fait fascinant ! Merik, c'est ça ?

— Oui… Me… Rick…

Sa voix est lente et lourde, comme si elle avait du mal à se rendre jusqu'à nous, mais aussi instable, l'être spectral étant visiblement sous le choc. Dans son émerveillement pour la créature, Dorac s'approche de plus en plus près et tend son bras pour le toucher. Merik en fait de même, portant sa main gazeuse à la rencontre de son interlocuteur.

Au moment du contact, une lueur apparaît sur la poitrine de Dorac. Une épaisse fumée noire s'en échappe pour envelopper la silhouette gazeuse et tourbillonner autour de celle-ci. Soudainement, je ressens une vague de froid étouffante m'envahir. Je reconnais cette sensation… La même que j'avais en examinant le quartier général des Murmures. C'est Lornic qui cause tout cela ; maintenant, il n'y a plus de doute ! Il a dû ensorceler Dorac !

— Je sens la puissance ! délire Dorac. Ouiii, montre-toi !

La fumée se disperse alors pour laisser place à un Merik de chair et d'os. Son ancien corps est pourtant toujours étendu au sol… En apparence, les deux semblent identiques, jusque dans les vêtements qu'ils portent… Mais les yeux du nouveau Merik sont presque blancs et sa peau au teint beaucoup plus pâle ne semble plus irriguée de sang... comme... dépourvue de vie. Maintenant, la confusion du fantôme semble avoir fait place à de la détermination :

— Merik pour vous servir, mon maître !

Dorac prend quelques secondes pour se remettre de son émerveillement devant cet événement inhabituel et éclate de rire. Un rire machiavélique...

— Adria, c'était pour ça que le capitaine disait ne plus reconnaître son frère ces derniers jours. Dorac est tombé sous l'influence de Lornic, et cette magie noire le ronge de l'intérieur !

— Oui, je l'ai senti aussi. Tu avais raison, Éomira... Par ma faute, on se retrouve dans une situation très délicate maintenant... On aurait dû intervenir quand il était encore temps...

— Non, ne te blâme pas ! Personne n'aurait pu savoir...

— Tiens, tiens ! s'exclame Dorac, tout souriant en remarquant notre présence derrière les caisses, ayant probablement exprimé ma dernière phrase avec trop de volume pour être discrète. Qui avons-nous là ? Je vous avais presque oubliées ! Alors, avez-vous apprécié le spectacle ? Et mon nouveau soldat !

— Eh bien... balbutié-je en sortant de notre cachette.

— Attention à ce vous direz, sinon vous servirez de nourriture aux poissons ! ajoute-t-il, soudainement beaucoup plus sérieux.

Je ne sais trop quoi dire... Le dégoût me ronge.

— Très... très impressionnant, Dorac. Oh !... Je veux dire, capitaine Dorac.

Je me force à sourire et à reprendre contenance.

— C'est… Ma foi, une grande puissance dont vous jouissez maintenant… Soumettre les morts à votre volonté… Quel pouvoir !

— Oui, Adria a raison ! ajoute Éomira. Quel grand pouvoir possède le grand capitaine Dorac !

— Ah ! Ah ! Merci beaucoup ! J'en conclus donc que vous acceptez de poursuivre ce voyage sous MES ordres ?

— Bien sûr, ajouté-je. « Le Dragon » n'est pas ce que les légendes racontent de lui. Il nous faut un vrai meneur !

Sur ces mots, l'équipage presque entier lève le poing au ciel et répète ces derniers mots.

— Un vrai meneur ! Un vrai meneur !

Flatté par cet appui généreux, le vainqueur de la mutinerie reprend la parole :

— En tant que nouveau capitaine du *Pélican*, ou devrais-je maintenant dire de l'*Or Noir*, ma première annonce sera la suivante : oubliez l'arrêt sur l'île de la Botte, nous filons tout droit vers l'île de la Salamandre pour nous approprier ce trésor avant les autres équipages ! Et si nous en rencontrons un en cours de route, nous leur montrerons qui est le plus fort et le plus craint des capitaines !

Tous les hommes hurlent de joie et d'approbation, alors que les cinq derniers fidèles restants de Drake sont accompagnés vers la cale pour y être enfermés avec leur chef.

Pendant que je regarde ce désolant spectacle, Éomira tire sur ma manche et me désigne Dorac d'un bref signe de tête. Profitant du fait que ses hommes retournent à leurs postes, il sort de sa chemise un médaillon qu'il regarde en souriant. La lueur noire qui s'en dégage me fait frissonner. Je suis prête à parier que c'est une relique de Lornic…

*

Dorac est en poste depuis deux jours déjà… Deux longues et pénibles journées ! Le nouveau capitaine nous fait travailler sans relâche à frotter le pont pour le faire reluire. Nous l'astiquons tellement que j'ai peur que nous n'abîmions le bois et passions au travers !

De plus, l'arrêt sur l'île de la Botte n'ayant pas eu lieu, nous avons dû rationner la nourriture et l'eau ; l'équipage commence à manquer d'énergie. Un sentiment de faim nous tenaille sans cesse. Tous, sauf Dorac, semblerait-il.

— Je dois dire que j'imaginais vraiment vos voyages autrement, Adria… Si je dois encore frotter ce pont, je vais devenir folle ! Ces tâches ridicules ne méritent pas qu'on s'y attelle ! Je suis faite pour voler dans les cieux, pas pour laver les planchers ! Et lui, qui reste là à fixer l'horizon… Comme si ça allait nous rapprocher plus vite de l'objectif!

Éomira commence visiblement à craquer. Il faut dire que cette situation est des plus désagréables. Moi-même je dois prendre sur moi et contrôler mon envie de jeter Dorac par-dessus bord. J'aime mieux ne pas imaginer Iref dans cette situation, il aurait probablement déjà mis le feu aux voiles.

— Crois-moi, les voyages ne sont pas tous aussi désagréables, mais il faut savoir s'adapter pour atteindre nos buts et, surtout, garder la tête froide.

Je la vois se questionner à propos de ma dernière phrase que j'ai prononcée avec vigueur et probablement avec une petite étincelle dans les yeux, histoire de lui redonner un peu espoir. Pauvre elle qui rêvait d'aventure et de gloire ; je la comprends. Mais le bien de la mission passe avant notre plaisir personnel.

Je regarde le soleil à l'horizon. Nous devons être près de l'heure du repas. Ça me rappelle…

— J'ai remarqué qu'à l'approche du repas du soir, les gardes de la cale quittent leur poste pendant cinq minutes, le temps d'aller se chercher une assiette.

— Ah oui ! Et… ?

— Et on va en profiter pour aller interroger Drake. Si ce médaillon est effectivement empreint de la magie de Lornic, son plan doit être à bien plus grande échelle que ce bateau. Il faut savoir à quoi s'attendre une fois sur l'île de la Salamandre.

— Oui, tu as raison. Allons-y…

Ma partenaire redouble alors d'ardeur afin de terminer rapidement sa besogne. Cela fait, nous nous dirigeons vers la cale. Nous discutons quelques instants à proximité de la pièce où sont enfermés Drake et ses compagnons jusqu'à ce que les gardes se lèvent enfin pour aller chercher leur repas, nous jetant un coup d'œil désintéressé au passage.

— Leur attitude envers nous a bien changé depuis, s'indigne Éomira.

— Prenons-le comme un avantage, ils ne portent plus attention à nous ! Et de toute façon, ça m'agaçait royalement.

— Moi j'aimais bien sentir que les gens s'intéressaient à moi. Ça faisait du changement par rapport à tous les adultes de l'Atlantide qui n'écoutent pas mes histoires en me disant que je parle trop. Ça me rappelle la fois où…

— Éomira… Il faut faire vite, nous n'avons que cinq minutes !

— Ah oui, désolée !

Nous nous approchons de la cellule ; je colle mon oreille contre la porte pour mieux entendre. Éomira se place en guetteuse un peu plus loin. Je frappe deux petits coups et appelle :

— Capitaine Drake ?

C'est une voix faible et malade qui me répond :

— Adria… Est-ce toi ?

— Oui, et Éomira ! Tout va bien, là-dedans ?

— Non, répond un des marins. Nous n'avons presque rien à boire ou à manger… Et le capitaine est toujours blessé ! Il ne tiendra plus très longtemps…

Oh non ! Personne ne lui a retiré la balle de l'épaule ! Je dois faire vite !

— Bon sang ! Vite ! Amenez-le près de la porte ! Je vais le soigner !

J'ouvre la petite trappe qui sert à nourrir les prisonniers et j'y passe la main.

— Mais que…

— Ne posez pas de questions et faites-le ! Je dois toucher son épaule !

— O… OK !

J'entends des mouvements de l'autre côté de la porte, puis des gémissements avant de sentir l'épaule grossièrement bandée de Drake contre ma main. J'enlève les bandages et tâte la blessure. Elle guérit très mal. Il y a du pus et des croûtes. J'ai un haut-le-cœur, mais je reste concentrée.

— Écoutez-moi bien, capitaine… Je vais vous soigner… J'ai… une sorte de don pour ça… Restez calme…

— Je… je te fais confiance…

Je prends une bonne respiration et ferme les yeux. De l'eau s'écoule de ma main et nettoie la blessure. Ma main pénètre ensuite à l'intérieur de la plaie pour en extirper la balle sous les plaintes de douleurs étouffées de Drake. Une fois les tissus nettoyés, la partie difficile commence… J'essaie de faire le vide dans mon esprit… Sous mes doigts, je sens le picotement de la magie guérisseuse de l'eau. Je sens les muscles et la chair de Drake se réparer.

Lorsque je retire ma main, je me sens complètement vidée et je tremble quelque peu. Je ne maîtrise pas encore totalement cette partie de mes pouvoirs.

— Par toutes les mers… Adria… Je ne sais pas quel dieu je dois remercier… Mais tu viens de me sauver la vie ! Je suis soulagé d'avoir encore des amis sur ce bateau !

J'entends les matelots bégayer d'incompréhension derrière leur capitaine.

— Ce… Ouf… Ce n'est rien… Capitaine, on a besoin de tout savoir sur ce médaillon et cette carte. On a de bonnes raisons de croire que l'on connaît la source de tous ces malheurs, mais vous devez tout nous dire. Où les avez-vous eus ? Par qui ?

— Mais je vous ai déjà tout dit… Du moins, je crois. Reprenons du début alors. L'homme qui a donné la carte et le médaillon à mon frère nous a mentionné que nous partions à la recherche d'un objet inestimable d'une grande puissance. Mais que la quête ne serait pas facile puisqu'il est bien gardé. Nous ne connaissions pas cet homme, mais la carte était beaucoup trop bien dessinée pour n'être qu'une farce…

Je crois que nos doutes se dissipent de plus en plus. La fameuse chasse au trésor des pirates doit bel et bien mener au fragment de la Sphère d'Équilibre. Ce sont les sirènes qui en sont les gardiennes et Lornic compte sur les pirates pour l'obtenir.

— Ah!… J'oubliais… L'homme mentionnait aussi de faire vite puisqu'il offrait la même chance à plusieurs équipages.

Je me rappelle que d'autres pirates avaient parlé de cette quête lors de leur présentation au Caboteur.

— Capitaine, savez-vous si les autres équipages ont aussi reçu un médaillon?

— Je présume que oui, puisque j'en ai vu d'autres dans son sac.

Mes soupçons sont ainsi confirmés. Cette mutinerie, ces soldats fantomatiques… Nous ne sommes certainement pas le seul bateau à vivre ces problèmes, sans compter que nous nous dirigeons tous au même endroit, ce qui pourrait causer de grands ravages. La partie que semble vouloir jouer Lornic se clarifie. Il se sert des capitaines qu'il a corrompus avec ses médaillons pour s'assurer que les équipages n'aient pas de repos avant de lui avoir rapporté le fragment.

— Il disait que nous participerions à la plus grande chasse au trésor de l'histoire. J'ai pris ces paroles à la légère, mais pour mon frère Dorac, c'est une autre histoire.

Je réfléchis rapidement. Le temps ne me semble plus être à l'inaction.

— Nous avons peut-être une façon de ramener votre frère à la raison. Je ne peux pas promettre que ça arrangera la situation sur ce bateau, mais nous avons une bonne raison de croire que si nous lui arrachons ce médaillon empreint de magie noire, vous retrouverez le vrai Dorac.

— De magie noire ?

Éomira me fait signe que notre temps est écoulé.

— Qui plus est, pas n'importe laquelle. Les gardes reviennent, il faut partir. Merci capitaine Drake pour ces informations, nous vous sortirons de là. Et je tiens à m'excuser pour mes paroles sur le pont, vous portez à merveille ce titre de « Dragon ».

— Merci, Adria… Soyez prudentes…

Nous nous éloignons rapidement avant que les gardes n'aient le loisir de soupçonner quoi que ce soit. C'est alors que nous entendons Dorac hurler quelque chose sur le pont :

— Terre ! Terre en vue ! L'archipel de l'île de la Salamandre droit devant !

CHAPITRE 7
L'OMBRE DES MERS

Deux jours nous séparent de notre dernier arrêt : le sauvetage des rescapés du *Requin Noir*. Si l'on peut parler de sauvetage et de rescapés, bien sûr… Ce n'est pas comme s'ils étaient toujours… vivants. Bien que nous ayons peu d'interactions avec notre nouvel équipage, JA n'arrête pas de me poser des questions sur ces zombies. Je le comprends, pauvre petit ; il n'a pas été conçu pour comprendre l'insensé.

Le voilà justement :

— Papa, papa ! J'ai une autre question concernant les nouveaux messieurs.

— Oui, JA, mais ne parle pas trop fort, OK ?

— Sais-tu, Pa, que je ne détecte aucun pouls provenant d'eux ? C'est comme s'ils étaient tous morts.

— Oui, JA, c'est un peu ça.

— Et en même temps, ils bougent et ils parlent… Alors ils sont vivants ?

— Oui, JA, c'est aussi ça. Ce sont des morts-vivants, mais il ne faut pas le dire.

— Mais papa, ces deux mots ne peuvent pas aller ensemble. Il s'agit d'une contradiction. On ne peut pas être mort et vivant en même temps. D'ailleurs, la mort est définie par l'arrêt de la vie.

Je sens que cette conversation peut s'éterniser si je ne trouve pas vite une explication acceptable pour le petit.

— OK, JA, tu te souviens des vampires lors de notre premier séjour à la Renaissance ?

— Oui, Pa, mais eux c'était une race spéciale. C'étaient des suceurs de sang, que tu disais.

Je sens que je suis sur une bonne lancée.

— Très bien, JA ! Et si on appelait les nouveaux messieurs pas vraiment mort, pas vraiment vivant des « mortivants » ? Comme c'est une race nouvelle, on peut leur donner les caractéristiques que l'on veut, n'est-ce pas ?

— Comme celle des vampires ?

— Oui, un peu comme des vampires, mais eux, ils ne boivent pas de sang.

— Mais ils mangent quoi, alors, les mortivants ?

— C'est assez pour aujourd'hui, JA. Papa est fatigué des questions.

— Ah d'accord ! On reprend donc notre discussion demain, papa.

C'est dans ce genre de situations que je m'ennuie d'Adria. C'est elle, l'experte pour répondre à ces questions.

Quant à Iref, il n'a toujours pas digéré le fait que sa douce soit devenue si… maléfique. Pour ramener des morts à la vie en tant qu'esclaves, il faut quand même le vouloir, ce n'est pas le genre de chose que l'on provoque par accident. Personnellement, je n'en suis pas surpris. Cette histoire de carte au trésor commence à me hanter. Je suis de plus en plus certain que nous sommes sur la bonne piste, car plus nous avançons vers ce soi-disant trésor, plus nous découvrons des événements insolites. Je suis convaincu que ces morts-vivants, ou mortivants, sont bel et bien au cœur de cette perturbation dont les dragons parlaient.

Sur le bateau, l'ambiance est tendue. L'équipage commence à s'agiter. J'aimerais mettre un peu plus d'efforts dans mon investigation, mais je dois surtout faire attention à ne pas divulguer mes intentions. Un faux pas de ma part entraînerait des rumeurs et je pourrais perdre la confiance de Sabrina. Cette femme est brillante et elle sait certainement que ses gestes sont discutables et, pour plusieurs, dépourvus de sens. Ce n'est d'ailleurs certainement pas par hasard que la semaine dernière, Edgar, un des marins d'expérience de l'équipage, a disparu. L'explication est qu'il aurait, soi-disant, perdu pied dans la nuit et qu'il serait tombé à l'eau. Un marin qui passe par-dessus bord lors d'une nuit calme, franchement ! Dans les faits, tout le monde savait qu'Edgar était d'avis que la capitaine avait perdu la tête et que le nouvel équipage était le fruit de la magie noire. Il aurait dû se douter qu'il ne faut pas dire ce genre de chose à haute voix.

Toutefois, malgré mes efforts pour rester discret, j'arrive à récolter quelques informations ici et là. Malheureusement, elles semblent, au premier abord, être décousues. Après tout, les marins sont de grands conteurs. Peter, l'aîné de l'équipage, est certain que tout ceci est un guet-apens organisé par nul autre que le Diable lui-même afin de nous tuer et récolter nos âmes. Sylviann, lui, a plutôt la conviction que c'est un riche marchand ou une personne de la haute qui veut embaucher la meilleure équipe de piraterie et que tout ce cirque est en fait une grande compétition pour sélectionner les meilleurs des meilleurs. Pour ma part, l'arrivée de nos nouveaux amis et le changement de comportement de Sabrina me laissent croire que ce qui est en cause va au-delà d'une simple course au trésor. La véritable question est de savoir quand il faudra réagir. Le faire trop tôt risque de mettre en péril notre quête ; nous devons laisser Sabrina nous mener jusqu'à destination, autrement, nous serons simplement perdus en mer. Mais le faire trop tard risque d'entraîner de nombreuses victimes innocentes.

Je pense soudainement à Adria et je remets en question notre décision de nous séparer. Si nous avions pu deviner la tournure des événements, il nous aurait certainement paru plus sage de rester ensemble. Nous sommes plus fort unis et nous pouvons nous soutenir les uns les autres.

J'ai brusquement un remords à ce propos. J'ai peut-être été un peu rude avec le petit lors de notre dernière discussion. Avec tout ce travail et l'ambiance tendue, je dois avouer que j'oublie parfois mes obligations familiales. Je vais donc le rejoindre et m'assurer qu'il sait à quel point je suis fier de lui.

— Salut, JA, je tenais à te dire combien je suis fier de ce que tu fais et je tiens à te féliciter pour ton beau travail en tant que cambusier.

— Merci, papa. Ça fait deux fois aujourd'hui.

— Deux fois ?

— Oui, Sabrina est aussi venue me féliciter ce matin, pour la disparition des rats.

— Tiens, c'est vrai, JA. Il n'y a plus de rats. Les as-tu tous éliminés ?

— Est-ce que tu veux la vérité, Pa ?

— Oui, bien sûr JA, dis-je d'un air sceptique en sachant fort bien que je vais le regretter.

— Eh bien, j'ai changé de stratégie, papa. Je me suis fait ami avec le chef des rats. Nous avons fait un arrangement. Je les nourris la nuit et, en contrepartie, ils restent dans leur coin du bateau, bien cachés.

Venant de n'importe qui d'autre, j'aurais trouvé ce plan absurde et je me sentirais insulté que l'on puisse me penser assez naïf pour croire à cette histoire, mais, provenant de JA, ça prend un tout autre sens. Je n'ose même pas lui demander comment il communique avec ce rat. Après tout, l'objectif est bien de ne plus avoir de rats dans les pattes. Je suis toutefois certain que c'est le seul cambusier au monde à utiliser pareille stratégie.

★

Au petit matin, le gabier installé sur la hune nous réveille avec un cri alarmiste :

— Pirate en vue ! Bateau pirate droit devant !

Sabrina sort de sa cabine, scrute l'horizon, et ordonne l'attaque.

— C'est bien lui ! Déclenchez les manœuvres de guerre ! hurle Sabrina. Voici notre butin !

J'ai un étrange et désagréable sentiment de déjà-vu en entendant ces mots…

Je dois me retenir de réagir à cet ordre, car c'est contre toutes mes valeurs d'attaquer des hommes dans le seul but de récupérer leurs biens. Toutefois, je me rappelle la cause que nous servons et, pour le bien de celle-ci, j'acquiesce à ce commandement.

— Augmentez la cadence ! ordonné-je. Et préparez-vous au canonnage !

L'autre bateau, nous apercevant, fait demi-tour et fuit aussi vite que possible. Il est plus rapide que nous et, à cette vitesse, il va nous semer.

— Plus vite ! Plus vite ! Il nous distance, lance le second.

— N'ayez crainte ! ajoute Sabrina. Il est plus rapide que nous, mais il sera ralenti par sa position. Il est trop près de ces hauts fonds et, bientôt, nous aurons un avantage sur lui. Allez, matelots, la richesse est devant vous.

Le mot richesse semble avoir l'effet escompté, car notre cadence s'accélère.

Tout se déroule comme Sabrina l'a prédit. Ralenti par les bancs de sable, le navire ennemi perd du terrain, et quelques minutes suffisent pour que nous le rattrapions. Je remarque un drapeau noir sur lequel sont affichés deux cimeterres croisés. JA commence à me dicter l'ensemble des informations historiques qu'il possède sur ce navire.

— Pas maintenant, JA ! Je suis en plein combat.

À portée de tir, j'ordonne le bombardement. Nos premiers coups manquent le bateau. Il faut dire que je dois encore m'habituer à cette fonction. Mais après plusieurs coups de canon bien ajustés, nous arrivons à mettre notre cible en difficulté.

Devant leur dramatique situation, ceux qui semblent être le capitaine de l'autre bateau et son second, se jettent à l'eau et ils essaient désespérément de s'enfuir à la nage. Je crois que je suis le seul à remarquer cette fuite. Enfin, c'est ce que j'imagine, vu que Sabrina n'ordonne pas leur massacre. Je passe donc cette scène sous silence, me convainquant que si je peux sauver la vie de ces deux hommes, ce sera au moins deux morts évités.

Quelques minutes plus tard, nous entamons l'abordage. Nos ennemis ne peuvent rivaliser avec l'acharnement et la force destructrice de nos nouveaux amis. Cette armée de mortivants commence à me faire peur, car elle semble immortelle et dépourvue d'émotions. Bien que j'essaie de les diriger, je constate avec nervosité qu'ils ne réagissent qu'aux ordres de Sabrina.

L'ennemi n'a aucune chance et il en arrive vite à la conclusion que la soumission reste leur seule issue.

— Ils se rendent ! lancé-je avec assurance. Arrêtez le combat !

Mon ordre ne semble pas avoir le moindre effet. Je tente désespérément d'arrêter ce carnage, mais notre capitaine semble déterminée à en finir avec les vaincus.

— Finissez votre travail et abattez-les tous, sans aucune exception ! crie Sabrina d'une voix forte.

— Mais capitaine… tente de contester Iref.

Avec le regard que lui décoche Sabrina, Iref n'a d'autre choix que de se taire.

Toutefois, l'équipage semble partager notre avis et met en doute cet ordre. Personne ne bouge, ce qui frustre davantage Sabrina. En colère, elle se tourne vers ses nouveaux guerriers mortivants.

— Abattez tous les ennemis.

Les mortivants obéissent sans aucune hésitation. Leur détermination et leur force sont déroutantes. L'équipage ennemi au complet est cruellement abattu, tous d'un coup en plein cœur. La similarité de leurs mouvements et de leur précision laisse croire que leurs gestes sont guidés.

Iref se tient debout près de Sabrina, observant cette boucherie sans broncher, mais je vois bien qu'il ne partage pas sa volonté. Bien que ces pirates ne soient certainement pas des anges, ils se sont tout de même rendus! Iref me regarde avec des yeux inquiets et tristes. Connaissant le beau-frère, il est sûrement en train de combattre son désir d'intervenir pour arrêter cet assaut. Toutefois, comme moi, il évalue les répercussions s'il intervenait. Je confirme d'un geste de tête qu'il doit se contenir. Pauvre lui! Je crois bien que sa lune de miel est finie...

Une fois le carnage terminé, Sabrina ordonne aux mortivants de fouiller les salles du navire. Elle s'assure toutefois que tous comprennent bien que seuls ses nouveaux amis fidèles, les mortivants, peuvent mettre les pieds sur ce bateau conquis, qu'elle rebaptise l'*Ombre des Mers*.

— Pour l'instant, aucun matelot n'y est admis, ordonne Sabrina.

Une décision résultant sûrement de sa rancune envers l'équipage qui n'a pas voulu exécuter son ordre. Les marins s'agitent, démontrant leur désaccord. Elle leur a promis des richesses, et maintenant elle change d'idée ? Ça risque de ne pas faire l'unanimité. J'essaie de contenir l'équipage, mais je crois que le mal est fait et que ce n'est qu'une question de temps avant que les matelots se révoltent.

Sur le coup, je ne comprends pas très bien le but de cette directive. En continuant d'observer attentivement, je remarque qu'elle s'apprête à changer elle-même de bateau, un sourire sur ses lèvres, et je réalise alors que tout prend un sens. Je m'empresse d'attraper Iref par le bras pour lui parler en urgence.

— Iref! Nous devons traverser pour voir ce que Sabrina s'apprête à faire.

— Pourquoi ? Qu'est-ce qu'il y a, Sir ? Crois-tu vraiment que la situation peut être encore pire que ça ?

— Tout est relié, Iref. Ce n'est pas pour rien qu'elle ne veut personne de vivant sur l'autre bateau. Ne trouves-tu pas ça anormal que tous aient été précisément exécutés avec un coup de poignard dans le cœur ?

— À quoi penses-tu, Sir ? Attends…

Si c'est possible, il devient encore plus blême qu'il ne l'est déjà.

— Veut-elle les ramener à la vie, eux aussi ?

— Je sais que ce n'est pas facile pour toi, mais nous devons en avoir le cœur net et nous en assurer…

JA secoue le bas de mon pantalon :

— Papa ! Peut-on vraiment fabriquer des mortivants ?

Oups ! J'avais oublié le petit…

— JA, reste ici et surveille l'horizon afin de ne pas nous faire surprendre par d'autres méchants pirates. Je t'expliquerai la situation plus tard.

— Ah ! Ça existe, des bons pirates ?

— Nous n'avons pas le temps pour ça, JA ; occupe-toi de surveiller, s'il te plaît.

— Ah ! OK. Mais papa… Fais attention à Sabrina quand elle touche sa breloque.

— Quoi ! Que dis-tu, JA ?

— J'ai remarqué que les mortivants réagissent quand Sabrina touche sa breloque. Tu sais quand elle fait ça, comme ça.

D'un grand geste, JA touche son cou avec sa petite main.

— Et n'as-tu pas eu envie de nous dire ça avant ? se fâche Iref.

— Ben oui ! Mais vous m'évitez toujours quand je viens vous parler des mortivants.

Je rougis quelque peu de honte. Ça m'apprendra à sous-estimer le petit.

⋆

Nous arrivons vite à la conclusion que nous ne pouvons pas traverser par le pont et risquer de nous faire voir par les mortivants. Il y a aussi le problème de l'équipage de ce bateau que l'on doit éviter.

— Il y a toujours les bateaux de sauvetage, rappelé-je à Iref.

— Parles-tu de ces petites coquilles de noix ? On risque de se noyer bien avant de rejoindre l'autre bateau. En puis, tu sais, moi et les bateaux…

Intéressant, Iref qui assume l'une de ses vulnérabilités.

— Fais-moi confiance, Iref.

Nous nous empressons de faire le tour de la *Perle des Mers* afin de prendre l'une des petites barques de sauvetage.

— Sir, es-tu vraiment certain de ce que tu fais ?

Naviguer à bord de ces barques ne sera effectivement pas sans risque, mais avons-nous réellement d'autres options ?

— À moins que l'on puisse se catapulter d'un bateau à l'autre, c'est la seule solution.

— Ça nous prendrait Léonard de Vinci pour nous fabriquer ça.

— On croirait entendre JA…

Nous choisissons la barque la moins exposée, puis je la descends à l'eau à l'aide des poulies et des cordes, jetant fréquemment des regards autour de nous afin de m'assurer que nous ne sommes pas repérés. Nous sommes apparemment chanceux, car la plupart des membres de l'équipage sont de l'autre côté, probablement à observer l'autre bateau en se demandant ce qui s'y passe. Une fois notre embarcation à l'eau, nous amorçons notre traversée vers l'*Ombre des Mers* en contournant les bateaux pour un maximum de discrétion.

— Bonne nouvelle ! L'eau ne semble pas s'infiltrer dans la barque.

— Avais-tu des doutes ?

Je lui réponds par un sourire.

Nous sommes toujours à portée de vue de l'équipage, mais celui-ci semble trop occupé pour nous remarquer. Après ce qu'a fait Sabrina, j'ai un peu peur d'imaginer ce qui va se passer à notre retour.

— Es-tu prêt à faire ça, Iref? Tu risques de voir des choses que tu ne veux pas voir…

— On verra bien…

Sa réponse me laisse perplexe. Apparemment, il espère toujours un bon dénouement. Sa chute sera fort probablement brutale, et je devrais sans doute le remonter.

— Tu sais Iref, nous nous taquinons souvent et parfois nos discussions sont plutôt enflammées, mais sache que je t'apprécie beaucoup en tant que beau-frère et aussi en tant qu'ami. Si tu veux parler de ce que tu ressens, je t'écouterais.

— Merci. Si j'en ressens le besoin, je saurai à qui m'adresser. Mais là, crois-tu vraiment que c'est le moment?

Il a probablement raison. Je suis plutôt maladroit pour parler de mes émotions et c'est encore pire avec celles des autres… Pour nous, les elfes, révéler ce que l'on ressent est souvent perçu comme un signe de faiblesse. Adria m'a ouvert à cette perspective d'échange des sentiments et j'avoue apprécier cette manière de voir les choses.

Je voulais le réconforter et lui dire qu'il n'est pas seul. J'espère que j'ai bien transmis ce que je voulais dire. Adria, où es-tu ? Toi, tu as toujours les bons mots… Ou, en tout cas, plus que moi…

Arrivés près du bateau, nous nous rangeons près de la coque dans un coin ombragé, à la portée d'une trappe d'où dépasse un canon. De notre position, nous arrivons à entrevoir les mouvements dans la cale.

Nous discernons Sabrina ainsi que les mortivants qui regroupent les pirates morts au centre de la pièce. Ils prennent soin de les disposer côte à côte.

À la suite des révélations de JA, je porte une attention particulière aux mouvements de Sabrina et je constate qu'elle a placé sa main droite sur sa breloque qui brille d'une étrange lumière noire.

— Regarde, JA avait raison. C'est de ce médaillon que lui provient son pouvoir sur eux.

— Il faudrait le lui enlever. Peut-être qu'elle est sous l'emprise de cet objet et qu'en le lui retirant, elle redeviendra elle-même.

— Peut-être, mais ça ne sera pas chose facile.

Je vois bien qu'Iref est toujours épris de Sabrina. Espérons que cet amour ne nous mettra pas en danger. Encore une fois, c'est Adria qui sait quoi faire et quoi dire dans ces situations. Nous, les elfes, nous ne sommes pas formés pour gérer les hommes amoureux de nécromanciennes.

Une fois tous les corps réunis, Sabrina se lance dans un rituel des plus étranges, agitant les bras et prononçant des paroles incompréhensibles.

Au fil de son rite, une inquiétante vapeur verdâtre s'échappe des corps. Rapidement, celle-ci se balance et tourbillonne autour de la pièce pour finalement prendre la forme des silhouettes des pirates fraîchement décédés.

— Vois-tu ça ?

Le beau-frère ne répond pas.

Quelques secondes plus tard, la fumée se condense et forme des doubles parfaits, identiques jusqu'au moindre trait, mais toujours sous forme gazeuse. À ce moment, le médaillon de Sabrina brille plus que jamais.

Iref reste sans mots.

Une épaisse fumée noire enveloppe les silhouettes gazeuses quelques instants et se disperse. Cette scène laisse place à une armée de chair et d'os identique aux morts couchés au sol, si ce n'est de la teinte de leur peau.

Incroyable. Ce n'est pas une résurrection de cadavres, mais plutôt la création de doubles fantomatiques. Comme si elle utilisait leur âme plutôt que leur chair. Ça me fait froid dans le dos.

— C'est incroyable. On a maintenant une meilleure idée de ce qui se passe… Et c'est bien ce médaillon qui lui donne ses pouvoirs.

Soudainement, Sabrina arrête son rituel, tourne la tête, et fixe son regard dans notre direction. Mon cœur fait mille tours. Iref sursaute et en perd son souffle. Comment a-t-elle pu nous voir ? Elle s'avance vers la trappe, tasse brusquement le canon et nous toise avec férocité. Nous devons envisager l'affrontement. Je mets la main sur mon arc et je me tiens prêt à amorcer le combat, sachant fort bien que nous sommes dans une position très désavantageuse.

Quant à Iref, il semble plutôt dérouté par la situation, ne voulant pas faire de mal à sa douce. Devrait-on plutôt envisager l'option de sauter dans l'eau ? Avec ses pouvoirs, il y a de fortes chances que Sabrina nous atteigne quand même.

L'affrontement est inévitable et mes premières flèches seront décisives. Je dois me concentrer.

Alors que je vise minutieusement, un élément me fait hésiter : le regard de Sabrina.

Il est accablé et crispé comme celui d'une personne qui essaie de combattre contre elle-même. On ressent de la tension, de la colère et peut-être une autre émotion… Ses mains tremblotantes nous laissent présumer qu'elle est en plein affrontement intérieur.

Contre toute attente, Sabrina réagit totalement à l'opposé de ce que j'attendais :

— Vous voilà, enfin !

Intéressant… Elle ne nous attaque pas et elle semble même heureuse de nous voir. Toutefois, son regard en dit long… Elle vient définitivement de remporter un épuisant combat.

Sabrina lance un cri pour que tous entendent :

— Iref prendra le commandement de la *Perle des Mers* ! Moi, je garde ce navire !

Elle ajoute :

— Iref, suis-moi avec ton équipage. Nous sommes à quelques lieux de l'île de la Marée bleue.

Je suis à la fois soulagé et terriblement inquiet. La tempête n'est pas encore là, mais elle ne saurait tarder…

CHAPITRE 8

CANONS ET CONFRONTATIONS

Nous sommes arrivées à proximité d'une dizaine d'îles formant un cercle assez vaste. Nous remarquons rapidement que nous ne sommes pas les premiers arrivés à l'archipel. Une dizaine de bateaux sont déjà sur place, certains accostés, probablement en train d'explorer les îles, d'autres ancrés à proximité.

Aussitôt la situation constatée, Dorac hurle des ordres à l'équipage. Visiblement, il a peur de s'être fait doubler et que le trésor soit déjà en possession d'un autre capitaine.

— Tous à vos postes ! Nous allons entreprendre des manœuvres d'abordage. Pleine vitesse vers cette caravelle ancrée devant nous ! Elle me semble beaucoup trop tranquille pour ne pas déjà avoir le trésor en sa possession ! Je vois clair dans leur jeu ! Ha ! Ha ! Ha !

Eh bien… Voilà que l'on peut ajouter la paranoïa à sa déjà longue liste de problèmes actuels. Il faut dire aussi que la présence de son acolyte mort-vivant à ses côtés n'aide pas au tableau. Toujours en train de nettoyer le pont avec Éomira, qui n'en peut plus, je ralentis le rythme afin d'être plus attentive aux prochaines directives.

— Crois-tu que nos amis soient déjà arrivés ici ? Je veux dire… Si une guerre s'amorce et que nous sommes sur un bateau et eux sur un autre. Il ne faudrait pas que…

Je frissonne à cette idée.

— Tu as complètement raison… Et on ne sait même pas à quoi ressemble le bateau du capitaine Sabrina !

J'interromps ma besogne pour me relever et observer la caravelle. Stationnaire depuis un bon moment, il ne me semble pas y avoir beaucoup d'action à bord. Alors que l'*Or Noir* approche de sa cible, aucun équipage ne fait irruption sur le pont adverse. Rapidement, des cordes sont lancées afin de rapprocher les deux embarcations maritimes et les hommes de Dorac traversent déjà afin de procéder à une fouille approfondie. À mon avis, s'il y avait un équipage sur ce bateau, il n'y est plus.

— Cap'taine, lui lance Astor depuis l'autre pont. Y'a pas d'signe de vie sur c'te bateau. Vide comme un coffre, pas d'pièces d'or !

— Déjà pillé, alors ! Ce sont d'autres qui ont le trésor en leur possession maintenant. Revenez à bord !

— Oui, cap'taine ! répond le matelot.

Les hommes reviennent et nous nous détachons de la caravelle pour nous rapprocher d'un autre navire.

En observant attentivement la scène, je remarque que des corps flottent ici et là autour du bateau que nous venons de quitter, ce à quoi le capitaine ne semble pas avoir porté attention. Toutefois, aucun dégât n'est à constater sur la caravelle. Étrange… Comment seraient-ils morts, alors ? Je n'ai pas le temps de plonger plus longuement dans ma réflexion que l'homme posté sur la hune du bateau lance un cri d'alerte.

— Capitaine ! Frégate en approche, à bâbord !

— Bien ! Faisons-leur une démonstration de la précision de nos canons ! Une frégate ne fera pas le poids contre la puissance explosive de notre galion !

Selon mes souvenirs, une frégate est un petit navire de guerre rapide, parfait pour des manœuvres tactiques sur les eaux. Ça risque d'être plus compliqué que Dorac ne le pense. J'y jette un œil pour y apercevoir à la proue… des marins morts-vivants comme notre pauvre Merik ! Armes en l'air, ils sont prêts à l'abordage.

Notre galion se positionne rapidement pour effectuer un premier tir. La frégate a juste le temps d'effectuer une petite manœuvre d'esquive avant que le boulet ne la heurte. Il s'en est fallu de peu ! Un second projectile est lancé : même scénario. Soit le capitaine adverse est très chanceux, soit il calcule merveilleusement bien ses déplacements avec cette agile embarcation.

Alors que notre équipe se prépare pour un troisième tir, une explosion retentit sur notre droite. Un nouvel arrivant vient de faire feu sur la petite frégate et a fait mouche en détruisant le mât principal.

— Prenez d'assaut ce nouvel arrivant ! Il a osé prendre notre cible, il va le payer !

Avant même que l'équipage n'ait le temps d'exécuter ce nouvel ordre, notre bateau subit une puissante secousse.

— Qui a osé ? hurle-t-il de plus belle.

— Adria, regarde…

Je me retourne dans la direction opposée à la frégate pour voir notre nouvel assaillant. Une vision d'horreur me parvient alors : des dizaines et des dizaines de soldats morts-vivants se tiennent sur le pont de ce bateau dont le drapeau noir affiche deux cimeterres croisés. Décidément, cette bataille navale devient de plus en plus complexe. Je me tourne vers Dorac :

— Capitaine, il faut rapidement couler ce bateau pirate ! Ses matelots sont comme Merik ! Nous y laisserons tous notre peau si on les laisse nous aborder !

— Tu me prends pour qui, toi ! Je sais comment gérer l'*Or Noir*. Continue de nettoyer le pont pendant que moi je nettoie l'océan ! Ha ! Ha !

Si je ne savais pas que c'est l'influence de Lornic qui le fait agir ainsi, je l'aurais déjà fait passer par-dessus bord depuis longtemps. Je n'en peux plus d'être traitée comme du poisson pourri. Éomira non plus, d'ailleurs. Elle doit regretter la sévérité de son père, maintenant…

L'*Or Noir* n'a même pas le temps de se positionner pour faire feu que l'armée de morts-vivants plonge à la mer. Je regarde par-dessus la balustrade, me demandant s'ils ne viennent pas vers nous à la nage, mais non… On dirait qu'ils coulent volontairement.

C'est alors que je sens un frisson me parcourir en scrutant l'eau des yeux. Je reconnais cette magie.

— Adria, tu ne crois quand même pas que…

— L'as-tu ressentie, toi aussi ? Sous nos pieds, cette… force magique.

Je m'éloigne de la balustrade et je m'approche d'Éomira pour pouvoir chuchoter.

— Les sirènes vivent certainement sous nos pieds… Est-ce qu'ils ont plongé pour récupérer le fragment ? Nous devrions peut-être essayer de le prendre avant eux.

J'entends alors un drôle de bruit… Et je vois une main blême passer par-dessus la rambarde !

— Zut ! Non ! C'était nous, leur cible ! On nous attaque ! Les morts-vivants sont là !

Alors que tous les matelots sont distraits par l'arrivée en surnombre de ces monstres sur notre bateau, j'en profite pour saisir deux sabres à proximité.

— Cette fois, mon amie, il faudra chèrement défendre notre vie ! Si tu fais usage de tes pouvoirs, essaie de le faire subtilement, d'accord ? lui dis-je en lui tendant un sabre.

— Compte sur moi, Adria !

Le sourire nerveux qu'affiche ma compagne m'indique qu'elle est contente de pouvoir enfin passer à l'action, mais qu'elle appréhende tout de même la tournure des événements. Malgré un léger entraînement à l'épée avant notre départ, ses talents rudimentaires ne suffiront pas à nous sortir de cette mauvaise situation. Il faudra faire usage de notre meilleur atout : la magie.

C'est alors qu'une valse effrénée s'entame avec nos nouveaux visiteurs au teint pâle. Métal qui s'entrechoque, cris grotesques et lourds bruits de pas ou de corps tombant par-dessus bord, c'est la musique qui nous accompagne dans notre survie. Je lance quelques projectiles de glace tranchants et

Éomira ne se prive pas pour souffler à l'eau tous ceux qu'elle peut. Pendant ce temps, Dorac œuvre à diriger le bateau de façon à pouvoir utiliser nos canons sur un nouveau venu.

Pendant le combat, un cri de douleur me parvient aux oreilles. Je me retourne pour voir un soldat de l'équipage s'effondrer au sol. Aussitôt, une fumée verte s'en échappe et une silhouette fantomatique de lui-même prend forme sous nos yeux. Dorac le remarque aussitôt et accourt vers lui. Une fois à proximité, le médaillon qu'il porte au cou se met à luire d'une étrange lumière noire : une épaisse fumée sombre s'en dégage pour tourbillonner autour du spectre. En moins de deux, un nouveau soldat mort-vivant fait son apparition. Au moins, celui-ci est sous les ordres de Dorac, et donc, de notre côté, pour l'instant.

— Ha ! Ha ! Utile ce pouvoir… Très utile même !

Alors que je suis aux prises avec deux morts-vivants, Éomira me crie de jeter un œil sur le bateau adverse. Rapidement, j'expédie un adversaire contre le mât et empoigne l'épaule du deuxième pour le geler sur place. Je jette ensuite un coup d'œil de l'autre côté. Oh non !

— Capitaine, ce n'est pas bon ! Il ne faut pas l'attaquer, il faut battre en retraite !

— Jamais ! Nous allons couler ce bateau ! Un vrai pirate ne bat jamais en retraite !

La capitaine Sabrina se tient sur le pont du navire adverse, semblant commander ses sbires à distance. Elle m'apparaît beaucoup moins joviale que lors de notre dernière rencontre et elle dégage une énergie encore plus sombre que Dorac.

— Je ne vois Iref, Sir et JA nulle part ! Éomira, est-ce que tu les vois ou les ressens ?

— Non, Adria, je ne vois rien ni ne les ressens, je suis désolée… J'espère qu'ils vont bien.

— Et moi donc ! Il faut mettre fin à cet assaut et on pourra aller vérifier ensuite s'ils sont retenus dans la cale ou… Bref! Aide-moi à séparer les deux bateaux, sinon, à ce rythme, on finira soit au fond de l'océan, soit avec le teint pâle comme ces combattants… Et je déteste les zombies !

À mon signal, Éomira souffle sur les voiles pour repousser le bateau de Sabrina, alors que je crée un courant marin de façon à l'éloigner davantage. La capitaine s'accroche solidement à la rambarde, mystifiée par les éléments naturels qui se déchaînent contre elle. Sous son commandement, les morts-vivants quittent notre bateau et plongent à nouveau à l'eau afin de la rejoindre.

— Oh non ! On l'a menée vers un nouvel adversaire, me fait remarquer Éomira.

— Par tous les dragons ! Combien de bateaux pirates y a-t-il dans cet archipel, à la fin ? Je vais m'occuper d'eux. De ton côté, couvre-moi !

Effectivement, un puissant galion a quitté l'île où il était accosté précédemment et il s'approche désormais du bateau de Sabrina. La fatigue commence à se faire sentir. Habituellement, je ne m'épuise pas pour si peu, mais je meurs de faim avec ce maudit rationnement ! Je dois rassembler mes dernières énergies pour les sortir de ce mauvais pas.

Je lance un regard rapide à Dorac afin de surveiller ses agissements. Je le vois alors s'approcher d'un membre de l'équipage et lui planter un couteau dans le dos. Quelques secondes plus tard, celui-ci s'écroule et une fumée verte s'échappe aussitôt de son corps. Même scénario que précédemment : en quelques secondes, un nouveau soldat immortel vient de naître. Ce pouvoir s'amplifie… Et donc l'influence de Lornic sur ce monde par le fait même. Ce n'est pas bon, vraiment pas bon…

— TRÈS TRÈS utile, ce pouvoir…

Dorac laisse alors échapper un rire démentiel, maintenant accompagné par trois gardes du corps au teint pâle ; un tableau qui ne me plaît pas du tout. Éomira et moi nous nous cachons derrière des caisses en bois situées sur le pont afin d'échapper à sa folie.

— Allez, la partie n'est pas encore terminée ! lance-t-il à l'équipage. Prenons pour cible ce brigantin qui arrive du large. Celui-là, on ne le laissera pas filer !

— Éomira, surveille-le bien de près. Moi, je dois aider Sabrina. Même si elle a essayé de nous tuer, je dois protéger Iref, Sir et JA, où qu'ils soient !

— Oui, Adria, tu peux compter sur moi.

Maintenant à l'écart de toute l'action se déroulant sur l'*Or Noir*, bien cachée dans mon coin, je reporte toute mon attention sur l'affrontement qui fait rage un peu plus loin. Je dois influencer le combat du mieux que je le peux…

⋆

Le petit est debout sur la rambarde à la proue du bateau depuis quelques heures déjà, lançant différentes indications afin de suivre Sabrina. Ce qui est plutôt inutile, considérant que pour suivre un bateau, il suffit de garder le visuel. Mais je crois que le petit avait besoin de se sentir utile maintenant qu'il a passé son pacte avec les rats.

Nous arrivons finalement dans l'archipel, une demi-lieue derrière Sabrina, qui nous a légèrement devancés. Je rejoins JA à l'avant.

Le spectacle qui s'offre à nous me sidère complètement. Si Sylviann avait raison quant à la compétition entre les pirates, voilà alors le dénouement de l'histoire. Des dizaines de bateaux se font la guerre en naviguant dans diverses directions. De nombreuses explosions de canons se font entendre de toutes parts et des cris des différents équipages résonnent entre les îles.

— Regarde Pa, les mortivants peuvent aussi nager ! J'ajoute ça à la banque de données.

— Quoi ? Qu'est-ce que…

Je remarque alors la multitude de mortivants plongeant d'un bateau à l'autre afin de combattre les équipages adverses. Il semblerait que les autres navires ont connu les mêmes déboires que nous. Comme nous avons pu l'observer dans la cale de l'*Ombre des Mers*, de la fumée et des lumières noires apparaissent de temps à autre sur les bateaux, signe de la naissance d'un nouveau combattant mortivant et, donc, d'une victime supplémentaire. Les combats semblent barbares et sans retenue, comme si les capitaines avaient tous perdu la tête. Quelle vision d'horreur !

— Eh, le beau-frère ! Euh, je veux dire capitaine… Sabrina semble en difficulté là-bas.

— Oh non ! constate-t-il en accourant. Tu as raison, il faut aller lui prêter main-forte ! Toutes voiles dehors ! Il faut accélérer pour la rejoindre et couler le navire qui la menace !

Son ordre me semble dicté de façon assez impulsive plutôt que réfléchie. Il semblerait que le cadeau que lui a fait sa nécromancienne a suffi à garder son cœur bien accroché. En tant que maître -canonnier, je ne peux pas permettre à mon équipage de se jeter dans la gueule du loup sur un terrain aussi risqué et mouvementé.

— Oh là, attend un peu, Iref ! Il faudrait calculer notre approche. De plus, si Adria et Éomira sont sur ce bateau, il ne faudrait pas les blesser.

— D'abord, je ne pense pas qu'elles attaqueront Sabrina, parce qu'elles penseront que l'on est sur le bateau. Même si parfois elle me tape sur les nerfs, ma sœur sait réfléchir un minimum !

À mon avis, elle le sait plus qu'Iref en tout cas. Il est loin d'être le meilleur des stratèges.

— Oui, Adria est brillante, mais…

— Oh oui, m'man est brillante ! Brillante au sens figuré, qui veut dire intelligente, et non pas brillante comme étincelante. Quoique sa glace est plutôt…

— OK, JA. On jouera au dictionnaire une autre fois, d'accord ?

Le petit se tait aussitôt. Pauvre lui, j'ai encore une fois été trop raide avec lui. J'ai tant de difficulté à être un bon père ! Mais il faut dire que le contexte est loin d'être idéal… Je dois vite me reprendre pour l'occuper.

— JA, j'ai un travail à te confier !

— Oh oui, papa ! Qu'est-ce que je dois faire ?

— En tant que cambusier, tu vas t'assurer de la répartition des vivres ! Apporte de l'eau aux matelots avant qu'ils n'aient trop soif. Le prochain combat sera éprouvant.

JA détale aussitôt en bondissant partout. Que j'aimerais parfois avoir l'insouciance d'un petit robot familial, ignorant que nous allons à la rencontre d'une nuée de vaisseaux qui sont prêts à nous envoyer dans les abysses. Je dois tenter de raisonner rapidement Iref.

— Et si les filles étaient prisonnières dans la cale ? Ou si Sabrina ne s'était pas montrée et qu'elles n'ont aucune idée que c'est son bateau ? Et t'est-il venu à l'esprit qu'elles n'avaient pas nécessairement leur mot à dire ? Toi, tu es devenu capitaine, mais on n'a aucune nouvelle des filles depuis des semaines !

— Même si l'on devait les atteindre, elles s'en sortiront, j'ai confiance. Adria est un dragon d'eau, l'as-tu oublié ? Elle ne peut pas se noyer. Donc Éomira est aussi en sécurité.

Le beau-frère a complètement perdu la tête ! Il est prêt à risquer la vie de sa propre sœur comme ça ?

— Écoute Iref ! Si…

Je n'ai pas le temps de formuler mon argument qu'un boulet de canon vient plonger dans l'eau juste devant notre navire et nous arrose copieusement.

— Je crois que nous avons un nouvel adversaire !

En effet, le galion devant nous a décidé de nous prendre pour cible. En position de combat, ses nombreux canons sont pointés dans notre direction. Nous devons réagir rapidement, je n'attends pas l'approbation d'Iref pour lancer un ordre à l'équipage.

— Manœuvre de combat, virage à 90 degrés ! Trajectoire en demi-lune autour de l'ennemi ! Nous allons éviter ses tirs tout en nous rapprochant de l'*Ombre des Mers* pour lui prêter main-forte.

— Pourquoi aiderait-on cette traîtresse ? lance un membre de l'équipage.

— Oui, il a raison ! Laissons-la crever !

Alors que les protestations se font de plus en plus nombreuses sur le pont, un boulet vient frapper de plein fouet le mât principal, qui éclate d'une bonne moitié. Un autre tir comme celui-là et on le perdra totalement !

— Arrêtez de discuter ! lance Iref. ACTION !

Rapidement, l'équipage se met au travail pour effectuer la manœuvre. Le beau-frère n'est peut-être pas le plus grand stratège, mais, je dois bien l'avouer, il a une autorité et une force de caractère que je n'ai pas !

En raison des manœuvres, le mât se met à craquer dangereusement et penche vers l'avant. J'accours à la vitesse maximale que me permet ma puce cybernétique pour retenir le mât. Je somme des hommes de m'apporter des matériaux de la cale pour le réparer. Le mât se fait de plus en plus lourd, je ne tiendrai pas bien longtemps !

Et un autre boulet, qui nous rate de peu cette fois-ci. Ouf! Les matelots commencent déjà à revenir avec le matériel nécessaire. Plusieurs planches de bois, une bonne corde et des ancrages, ça devrait faire l'affaire. Les hommes m'aident et certains commencent déjà à stabiliser le mât. Alors que je pousse de toutes mes forces pour le redresser, concentré sur ma besogne, j'entends une nouvelle déflagration.

Je ressens d'abord un lourd impact, puis ma vue se brouille. Tout le poids du monde semble se concentrer dans ma poitrine, et pourtant, je ne crois plus toucher le sol. Je distingue un imperceptible « Pa » au travers des acouphènes dans mes oreilles et de la rambarde qui éclate. Je frappe l'eau de plein fouet ; mon corps en entier est engourdi et parcouru de soubresauts. Je ne perçois plus que de vagues filets de lumière et je me sens sombrer vers les profondeurs. Tout à coup, mes membres ne répondent plus. Je suis étrangement calme. Le visage d'Adria m'apparaît… avec un cordon de cuir au cou, qui soutient un pendentif de dragon. Notre première rencontre… Elle me sourit. Elle est si belle. Je suis bien, serein. Ma douce est là. J'aurais seulement aimé pouvoir lui dire au revoir… Je ressens du mouvement autour de moi, mais je ne discerne plus rien. Tout est noir. Tout est fini.

★

Je suis épuisée, mais je crois avoir réussi à influencer suffisamment le combat pour laisser Sabrina dans une bonne posture.

Soudainement, un cri de colère grave et puissant déchire l'archipel, suivi immédiatement d'un bruit d'explosion.

— Dorac, on l'a eu ! On l'a eu !

Je me retourne pour constater avec horreur la scène. Le brigantin que l'équipage avait pris pour cible vient d'exploser et de s'enflammer de la proue à la poupe. Des colonnes de feu fusent de toutes parts du bateau et l'équipage en feu plonge à l'eau en tentant de s'accrocher aux débris flottants pour nager vers une île à proximité. Les voiles du navire s'enflamment à leur tour et tombent en morceau sur le pont.

— Oh non, Iref!

Je reconnais bien là la colère de mon frère, mais à un niveau où je ne l'avais encore jamais vue auparavant. Mon cœur fait mille tours dans ma poitrine. Qu'est-ce qui a bien pu arriver pour qu'il se déchaîne ainsi ? Pourquoi Iref n'est-il pas sur le même bateau que Sabrina ? Est-ce que Sir et JA sont avec lui ?

J'ai peur… Peur pour Sir, peur pour JA. Ne me dites pas que… Non, c'est impossible, ça doit être autre chose. Ne tirons pas de conclusions hâtives !

— Adria ! J'ai un mauvais pressentiment…

— Moi aussi, Éomira, moi aussi…

Mes amis, j'espère que vous allez bien.

CHAPITRE 9

DANS LES PROFONDEURS

— Allez, plus vite que ça ! Bande de fainéants !

Dorac est de plus en plus désagréable et se fait plus que jamais un plaisir de malmener son équipage. Dans un autre contexte, je n'en aurais probablement pas fait grand cas. Après tout, nous venons d'échapper de justesse à la mort dans une bataille navale où nous affrontions des morts-vivants et, pour couronner le tout, le danger est loin d'être écarté puisque les autres équipages campent sur des îles voisines. Ça mettrait n'importe quel capitaine sur les nerfs, mais de mon côté, c'est plutôt envers Dorac que je n'ai plus, depuis longtemps, la moindre patience.

Nous avons contourné l'île de la Salamandre et jeté l'ancre dans un coin reculé avant de rejoindre le rivage à l'aide de petites chaloupes. Une large plage s'étend devant nous et donne sur une dense forêt de feuillus. À présent, les matelots s'affairent à décharger les provisions et à établir le campement avant que la pénombre ne recouvre complètement l'archipel.

Je ne suis pas surprise de constater que les barils de rhum et de bière sont les premiers à être déchargés pour être vidés aussi sec. L'équipage fête le dénouement de cette bataille navale qui, pour l'instant, nous est favorable. Nos adversaires n'ont pas tous coulé, mais une trêve tacite a été conclue au coucher du soleil. Les équipages encore à flots devaient avoir besoin de repos.

Pour ma part, j'espère surtout que les autres vont bien après l'explosion de leur bateau, ou plutôt, l'explosion de mon frère. Je m'interroge toujours sur l'élément déclencheur de sa colère. Rien pour me rassurer.

Je note aussi que personne n'a semblé remarquer notre utilisation de la magie, lors de l'affrontement. C'est certes un soulagement, mais je reste avec la crainte que quelqu'un n'attende que le bon moment pour nous dénoncer… Et je n'ai pas la moindre idée de la réaction de Dorac s'il venait à l'apprendre. Bon sang ! J'en ai marre de tout ce stress ! Il y a de quoi devenir complètement folle !

Une vingtaine de tentes sont en train d'être érigées. Certaines abriteront les hommes, d'autres les armes ou les provisions. La plus grande de toutes étant, bien entendu, réservée au capitaine Dorac. Pour notre part, Éomira et moi, nous avons notre propre tente. Elle est petite, mais je ne compte pas me plaindre. Dorac n'a pas complètement oublié la galanterie.

Quant au capitaine légitime et ses fidèles, leur sort ne s'améliore pas du tout avec le temps ; je dirais même qu'il se dégrade. Ceux-ci sont enfermés dans une cage située légèrement à l'écart du campement où un homme est chargé de monter la garde en tout temps. Exposés aux intempéries et aucunement protégés en cas d'attaque, j'ai peur qu'il leur arrive malheur. Au moins, dans cette situation, il me sera plus facile de me glisser derrière la cage en passant par les fourrés afin de leur apporter un supplément de nourriture. Qui plus est, de la vraie nourriture, et non pas les restes moisis que Dorac leur envoie.

Alors que nous sommes assises à attendre que notre tente soit prête, en observant le spectacle de deux hommes un peu trop enivrés par l'alcool qui se livrent une argumentation enflammée sur l'emplacement idéal pour le feu de camp, Dorac nous interpelle :

— Si vous croyez, vous deux, que vous allez rester là à ne rien faire, vous vous trompez !

— Aucun problème, capitaine ! lui lancé-je d'un air assuré en me relevant aussitôt. Que pouvons-nous faire, capitaine ?

— Allez chercher du bois pour le feu. Et je veux un gros feu ! ajoute-t-il en riant. Il faut fêter cette belle bataille. Profitez-en pour reconnaître un peu les lieux aussi, demain vous irez explorer l'île pour trouver de la nourriture.

— Oui, capitaine Dorac ! acquiesce Éomira.

Elle me lance un regard suppliant, comme pour me demander de le congeler sur place afin que nous n'ayons plus à le supporter. Maintenant que nous sommes arrivés à l'archipel, cela m'apparaît tentant comme solution. Toutefois, tant que nous n'avons pas mis la main sur le fragment pour nous assurer que Lornic ne s'en empare pas, nous aurons peut-être encore besoin de lui.

J'hésite aussi à lui retirer son pendentif afin de le libérer de l'influence du monstre dimensionnel. Mais maintenant que le camp est monté et qu'il nous donne du temps loin de l'équipage pour faire nos recherches des sirènes sans éveiller les soupçons, je me dis qu'il serait bête de risquer de nous exposer ainsi. Tant qu'il suit le plan de Lornic sans causer d'autres effusions de sang en nous laissant une marge, autant en profiter.

⋆

Éomira et moi nous sommes acquittés de la corvée de bois sans aucun problème. Il est certain qu'avoir des pouvoirs et une force supérieure à la moyenne aide grandement. Dorac est satisfait ; nous pouvons rejoindre notre tente.

Un lit sommaire de branchages et d'herbes a été aménagé, recouvert d'une vieille toile qui nous servira aussi de couverture. J'ai déjà connu mieux comme lit, mais au moins nous sommes à l'écart de tous les autres et nous pouvons discuter en privé.

— Adria, je sens la magie noire à l'œuvre et s'intensifier de plus en plus autour de Dorac. Ça m'inquiète.

— Oui, moi aussi ; il faut agir rapidement. Plus nous attendons, plus Lornic gagne en influence. Mais pour l'instant, Dorac nous fait travailler loin des autres, autant en profiter.

La dragonne acquiesce, mais reste visiblement inquiète :

— Quelle est la prochaine étape ? me demande-t-elle. Retrouver les autres ? Ou aller voir si ce sont bien les sirènes qui vivent sous ces eaux ?

Je grince des dents et mon cœur se serre :

— Ça me coûte de dire ça… Mais notre priorité demeure les sirènes. Nous devrons plonger dès demain.

— Tu vas plonger, Adria... Je n'ai pas les pouvoirs sur l'eau que tu as. Je vais trouver la nourriture demandée par Dorac pendant que tu partiras en exploration.

Éomira a raison. Demain, je partirai seule. Pour l'instant, nous avons toutes les deux besoin de nous reposer. Je hoche la tête en signe de résignation, et nous prenons place sur le lit de fortune. Comme je ne ressens pas le froid, je laisse toute la toile à Éomira afin qu'elle se tienne bien au chaud.

Mon esprit vagabonde entre inquiétudes et espoirs. Je fixe la toile de la tente, incapable de m'endormir. Je me doute que mon frère va bien, puisque je l'ai vu se défendre durant la bataille. Mais Sir et JA ? Eux, comment vont-ils ?

— Adria ?

— Oui ?

— N'es-tu pas... inquiète pour les autres ?

— Oui. Énormément. Mais j'ai confiance. On s'en est toujours sorti, il n'y a pas de raison pour que ça tourne mal. J'ai foi en eux.

Mon cœur se serre un peu. Mes paroles sont plus là pour rassurer Éomira, mais j'espère quand même avoir raison.

— D'accord. Alors j'ai foi en eux, moi aussi. On va gagner ! Bonne nuit, Adria.

— Bonne nuit, Éomira. Fais de beaux rêves...

Toutes mes prières vont à mes trois guerriers, mais à présent je dois chasser mes peurs, me vider la tête et laisser Morphée me bercer ; une longue journée m'attend encore demain.

★

Je m'arrête alors que nous marchons depuis près d'une heure en longeant la côte, sous prétexte d'être à la recherche de nourriture. Le capitaine a contourné l'île hier afin de ne pas laisser le navire à découvert. Nous avons donc dû marcher un moment pour retrouver la bonne direction.

— Je crois qu'on y est.

— Oui, personne ne devrait nous surprendre, ici.

Éomira me regarde d'un regard inquiet.

— Sois prudente, Adria. Effectue un repérage seulement, mais ne te mets pas en danger. Reviens au moindre signe de complication ou dès que tu as plus d'informations, nous ferons le point pour la suite. Je ne veux surtout pas qu'il t'arrive quelque chose de mauvais. Si tu as…

— Ne t'inquiète pas, Éomira, la coupé-je dans son élan de nervosité. Tout ira bien, ce n'est pas la première fois que j'affronte l'inconnu.

J'ajoute un clin d'œil pour alléger la discussion et la rassurer.

— Entendu. Dès que j'ai terminé de faire les provisions, je reviens t'attendre ici.

— Non, si nous sommes parties trop longtemps, Dorac soupçonnera quelque chose et il enverra des hommes. Retourne au campement dès que tu as des provisions suffisantes afin de me couvrir, je t'y rejoins en revenant.

Mon amie hoche la tête en signe d'approbation. Je me retourne vers l'étendue d'eau. La vue sur l'archipel, sous ce soleil resplendissant, est merveilleuse. Les rayons se reflètent sur l'eau calme qui brille de mille feux et la vue de toutes ces îles avec les différents bateaux accostés de part et d'autre est si rafraîchissante. Malgré la bataille de la veille, ce paysage a quelque chose de serein. Même en ayant vécu toutes ces aventures, je ne peux m'empêcher d'apprécier de tels spectacles ; après tout, j'ai passé de trop nombreuses années à vivre dans un dôme, entourée d'un environnement aseptisé et artificiel.

Je retire la majorité de mes vêtements pour nager avec plus d'aisance et j'avance de quelques pas pour entrer dans l'eau. Le premier contact de l'élément entre mes orteils me procure un frisson de bien-être. Je m'y sens aussitôt confortable. Je m'avance. Une fois que l'eau atteint le niveau de mes épaules, je me retourne pour envoyer un signe de la main à mon amie et je plonge vers les profondeurs.

La même sensation que la dernière fois m'envahit. Je suis dans mon élément, je me sens entière et revigorée. L'oxygène contenu dans l'eau parvient de façon naturelle à mes poumons alors que je tourbillonne un instant sur moi-même pour apprécier ce merveilleux moment de quiétude. Ces dernières semaines ont été si éprouvantes, ça me fait le plus grand bien de me retrouver avec moi-même un moment. Toutefois, plusieurs comptent sur moi, je ne peux pas m'attarder davantage.

J'entreprends ma progression vers les profondeurs en créant un courant maritime autour de moi afin d'accélérer ma descente. Plus je m'enfonce, plus la lumière se fait rare, mais mes yeux s'habituent rapidement à l'obscurité grandissante. Je croise quelques bancs de poissons, ceux-ci se raréfiant au fur et à mesure que je me rapproche du fond. Bientôt, je sens des yeux posés sur moi. Je ne vois personne, mais j'ai la certitude que l'on m'épie. Je dois rester vigilante.

Je reconnais peu à peu l'énergie des sirènes ; nous avions vu juste, Éomira et moi, concernant la source magique sous-marine. C'est rassurant : j'approche à coup sûr de ma destination. Tout à coup, je vois des silhouettes approcher. Trois tritons viennent à ma rencontre, armés de tridents et de harpons. J'interromps ma progression afin de démontrer ma collaboration et mes bonnes intentions.

Les nouveaux venus possèdent un puissant torse à découvert et des bras bien musclés, de longs cheveux rappelant étrangement des algues verdoyantes ondulant au rythme du courant marin et une longue queue de poisson qui va et vient afin de leur permettre de nager sur place. Leur corps est entièrement couvert d'écailles verdâtres.

— *Veuillez n'opposer aucune résistance et nous suivre. Malgré vos affinités évidentes avec notre race, vous n'êtes pas des nôtres et vous vous êtes aventurée sur notre territoire sans notre permission.*

Il semblerait que ces tritons soient en fait les gardes de leur territoire et qu'il s'agisse ici de mon comité d'accueil. Ainsi entourés de mon élément, ils ne feraient pas le poids contre quelqu'un comme moi. Je n'aurais qu'à claquer des doigts pour les aspirer dans un tourbillon ou les faire flotter jusqu'à la surface dans un bloc de glace, mais comme je ne cherche pas la confrontation, la décision la plus sage me semble donc de leur indiquer ma collaboration d'un hochement de tête et de les suivre. C'est sans doute là ma meilleure porte d'entrée vers les sirènes.

— *Où m'emmenez-vous ?*

C'est le silence qui me répond. Peut-être vaut-il mieux ne rien dire pour le moment, en espérant qu'ils ne me conduisent pas vers une quelconque prison qui marquerait la fin de mon périple. Advenant le cas où, bien sûr, cette prison pourrait me retenir…

Nous arriverons bientôt au fond de l'océan. À première vue, rien ne sort de l'ordinaire. Des bancs de sable, des algues, quelques formations sédimentaires ici et là, mais aucun signe des sirènes pour le moment. Mes guides se dirigent alors vers une étroite crevasse que je n'avais pas remarquée. D'abord, je me frotte le visage à plusieurs reprises à de longues algues recouvrant les parois de la crevasse, mais après quelques instants, le spectacle qui s'offre à moi est tout autre.

Devant moi se dresse un long et vaste couloir qui brille de mille feux. Le premier élément qui retient mon attention ce sont ces petites créatures bioluminescentes flottant nonchalamment ici et là en éclairant les lieux. Des coraux et des coquillages de toutes les couleurs et de toutes les formes sont accrochés aux parois de façon à refléter la lumière produite par ces organismes. Des algues ondulent gracieusement au rythme des courants marins, semblant danser sur une musique inaudible. Des algues en forme de pompons et d'autres en forme de lierres parcourent les parois. Certaines d'entre elles rappelant vaguement une végétation issue de la surface avec leurs longues feuilles. Je dois avouer que ce spectacle marin est très enchanteur.

Il ne faut pas très longtemps aux gardes pour s'apercevoir que je me suis immobilisée et me rappeler d'avancer. Je poursuis donc ma progression à leur suite en évitant, avec un peu de peine, dois-je l'avouer, de frapper les petites créatures bioluminescentes sur mon passage. Même si je me retrouve dans un environnement inconnu, je me sens sereine, comme je l'étais lorsque Ondine et son peuple m'ont accueillie, mais cette fois-ci, c'est encore plus fort. La magie aquatique qui se dégage de ce lieu a quelque chose d'incroyablement apaisant.

Un peu plus loin, nous commençons à croiser quelques sirènes qui s'écartent lors de mon passage pour me dévisager d'incompréhension et de curiosité. Après avoir déambulé longuement dans différents couloirs, croisé quelques galeries et tourné dans différentes directions, nous semblons enfin arriver à destination. Une chose est certaine : un voyageur ne pourrait pas tomber par hasard sur le repaire de ces sirènes, qui est très différent de celui situé à l'entrée de l'Atlantide ! Les tritons qui m'accompagnent se positionnent de chaque côté du couloir à l'entrée d'une vaste galerie et s'immobilisent de façon à monter la garde.

— *La reine vous attend.*

Je deviens soudainement nerveuse. Je me doutais que pour récupérer le fragment je devrais éventuellement rencontrer la reine Cordélia dont Ondine m'a parlé, mais comme on ne m'a pas dit où l'on m'emmenait… Je ne savais pas que j'allais la rencontrer aussi rapidement… Quoique cela reste indéniablement une bonne chose. Il n'y a pas de temps à perdre.

Je m'avance doucement pour pénétrer dans la galerie.

Wow ! La beauté des couloirs n'arrive pas à la cheville de la vision que m'offre la salle royale. Des perles… Des perles partout qui brillent encore davantage que les lumières dans les couloirs! Cette fois-ci, ce sont les algues qui produisent une apaisante lumière bleutée que des coquilles d'huîtres tapissant les murs font miroiter en produisant les couleurs d'un fabuleux arc-en-ciel dans toute la pièce. Des coquillages tous plus colorés les uns que les autres jonchent le sol, traçant un chemin pour accéder aux quelques sièges trônant au centre de la salle. La reine y est assise en compagnie de celles qui doivent être ses conseillères. D'autres sirènes nagent ici et là et des renfoncements dans les parois font office de balcons ou de lits où sont assises certaines d'entre elles. Toutes ont interrompu leur discussion lors de mon arrivée. C'est un garde qui s'adresse d'abord à moi.

— *Vous vous tenez devant le conseil des Trois. Nous vous prions de peser vos mots afin de respecter Sa Majesté, la reine Cordélia, bijou de la mer.*

— *Merci de l'avoir menée jusqu'à nous, Morgad. Depuis le temps que je veux te parler Adria, nous pourrons enfin faire le point…*

Sur ces mots, la reine se met à me scruter attentivement, d'un air sérieux. Que veut-elle dire par «faire le point»? Et pourquoi connaît-elle déjà mon nom? Les Trois m'observent intensément, comme si elles tentaient de lire mon âme. Je me sens plutôt inconfortable, mais je m'assure de soutenir leur regard et d'attendre qu'elles reprennent la discussion. La reine possède des cheveux teintés de violet attachés vers l'arrière à l'aide d'un peigne taillé dans un morceau de corail. Ses yeux purs brillent d'une lumière bleutée qui se reflète sur son massif collier de perles. Elle porte un magnifique vêtement fabriqué d'un élégant amalgame d'algues blanches qui s'arrête juste avant que ne commence sa queue. À première vue, elle me semble plutôt jeune pour être reine, mais considérant la longévité des sirènes, elle doit bien avoir au minimum quelques centaines d'années pour régner ainsi sur son peuple. Ses conseillères me paraissent un peu plus jeunes, l'une arborant une coiffure d'un orange flamboyant et des yeux marron, et l'autre des cheveux blancs aussi fins que possible avec des yeux brillants d'un vert émeraude.

De la part d'une aussi belle souveraine et d'un peuple aussi gracieux, je dois avouer que je m'attendais à un accueil légèrement plus chaleureux. Qui plus est, je possède des affinités magiques avec elles qui, je l'espérais, auraient dû jouer en ma faveur.

— *Effectivement, nous sentons tes affinités magiques avec notre peuple et notre élément, mais c'est un autre aspect qui nous fait douter.*

Quoi ? Il semblerait qu'en plus de communiquer par télépathie, la reine Cordélia puisse lire les moindres de mes pensées…

— *C'est ce côté sombre qui émane de toi qui m'inquiète. Je sens une puissante magie noire à l'œuvre chez toi. Et c'est la même qui détruit peu à peu notre archipel en ce moment même, à la surface !*

La reine n'est plus du tout sereine, ni même sérieuse ou énigmatique. Sa voix dans ma tête vient de s'amplifier et je peux carrément lire de la colère sur son visage. Est-ce qu'elle me tiendrait responsable de toute cette agitation ?

— *Je n'y suis pour rien, ô ma chère reine. C'est d'ailleurs pour cela que je suis venue vers vous. J'ai besoin…*

— *Tu n'obtiendras rien de nous si tu utilises cette sombre magie, Adria. Dis-nous la vérité ! Je sens pourtant une magie aquatique couler en toi, mais pourquoi servir le mal et ses sombres desseins ?*

— *Je ne suis pas au service du mal, je le combats ! Si vous en sentez des émanations sur moi, c'est que je le côtoie depuis maintenant trop longtemps. Et je suis ici parce que j'ai besoin de votre aide pour le vaincre.*

— *Nous nous mêlons très rarement aux histoires des peuples de la surface.*

Sur ces mots, la reine se lève de son siège et me rejoint en quelques battements de queue. Elle me dévisage sévèrement en effectuant des cercles autour de moi. Soudain, son visage s'adoucit.

— *Toi aussi…*

— *Moi aussi ?*

Elle saisit alors mon collier entre ses doigts. Mais bien sûr ! Le collier que m'ont donné les sirènes d'Atlantide. Que suis-je bête ! J'aurais dû le leur montrer dès le début ! C'est même dans ce but précis qu'Ondine me l'a offert !

— *Chez le peuple des sirènes, nous possédons tous un collier comme celui que tu portes. Connais-tu d'autres personnes qui en possèdent un ?*

— *Mes amis…*

Je baisse la tête en espérant cacher ma tristesse. Sir et Iref possèdent aussi un collier de la sorte… Mon Sir était si content de ce présent qui le liait à un autre peuple fascinant. Je m'ennuie d'eux… J'ai hâte de les revoir, sains et saufs, je l'espère… Un moment de silence s'ensuit, alors que je me noie dans mes pensées. La reine reprend la parole afin de couper court au silence.

— *Cela signifie que vous avez été choisis comme membres de confiance parmi notre peuple. La confiance des sirènes est universelle. Pardonne-moi mes soupçons, mais mon peuple commence à souffrir de cette guerre qui fait rage à la surface. Pourquoi es-tu donc ici, aujourd'hui, Adria ?*

— *Vous êtes ma destination. J'ai fait un très long voyage pour venir jusqu'à vous. Les dragons m'ont envoyée récupérer le fragment de la Sphère d'Équilibre qu'ils vous ont confié… Et les sirènes de l'Atlantide nous ont donné ces colliers, à moi et à mes amis, afin de nous aider.*

Mon discours laisse planer un autre moment de silence, beaucoup plus lourd, cette fois-ci. C'est alors que les Trois demandent à toutes les autres sirènes présentes dans la salle royale de quitter les lieux afin de les laisser seules avec leur invitée. Je me demande bien ce qu'elles ont à me dire qui doit rester secret pour leur peuple.

— *Nous avons lu dans ton cœur que ton récit est véridique. Cela veut donc dire que nous devons effectivement t'aider.*

Cordélia jette un regard à chacune de ses conseillères et se retourne vers moi pour poursuivre.

— *La Sphère d'Équilibre est bel et bien sous notre protection. Toutefois, si cet artéfact devait tomber entre de mauvaises mains, de terribles conséquences s'ensuivraient. Et ce Lornic auquel tu n'arrêtes pas de penser me semble bien être la pire menace que l'on pourrait imaginer. Mais, malheureusement, bien que tu aies notre confiance, notre peuple ne peut remettre le fragment qu'à un pur dragon, puisque c'est par ce peuple qu'il nous a été donné. Tel est le pacte que nous avons convenu avec eux, jadis.*

— Oui, je sais, mais le temps presse ! Les griffes de Lornic se referment de plus en plus sur votre époque et chaque instant qui passe est critique. Ne pourriez-vous pas faire une exception ? Je dois…

— Désolé, Adria, nous en avons fait la promesse, il y a des siècles et nous devons respecter notre parole envers les dragons, quoi qu'il advienne.

Pendant un bref instant, je maudis intérieurement ma moitié humaine. Que puis-je dire à présent pour les convaincre ? Je passe en revue tous les arguments possibles, mais aucun ne convient. Je n'ai pas le choix. Je vais devoir revenir avec Éomira.

— C'est exact, Adria. Reviens vers nous, cette fois-ci accompagnée de ton amie, et l'objet de votre quête sera vôtre.

— Mais c'est un dragon des vents ! Elle ne pourra jamais effectuer un tel voyage au fond de l'océan.

C'est désormais la conseillère aux cheveux de feu qui s'adresse à moi :

— Je vais te conduire jusqu'à un passage. Un tunnel sous-terrain qui te permettra de rejoindre la surface à la marche, et de revenir parmi nous de la même manière.

— Merci beaucoup ! Je reviendrai rapidement !

— *Sois prudente Adria,* me lance la reine. *La pénombre se fait de plus en plus envahissante ci-haut, je peux le sentir. À bientôt !*

J'affiche un sourire pour la rassurer et je suis son bras droit jusqu'à l'entrée du tunnel, dans cette pièce même, derrière les trônes : direction lc campement.

CHAPITRE 10
DEUIL ET RETROUVAILLES

Je n'arrive toujours pas à oublier cette vision d'horreur : Sir frappé de plein fouet par un boulet, le craquement de ses os et son corps qui passe par-dessus la rambarde avant d'être emporté vers les profondeurs par des silhouettes que je n'ai pas pu identifier. Des larmes coulent sur mes joues en me remémorant ces événements.

J'aurais pu y faire quelque chose si seulement j'avais été plus concentré. J'ai perdu tout mon sang-froid dès que j'ai vu l'assaut sur le navire de ma belle Sabrina… Non, je ne peux pas penser à elle comme ça. C'est une nécromancienne ! Et la prioriser a coûté la vie de mon beau-frère, de mon meilleur ami… Je dois refouler ces sentiments idiots pour y voir plus clair ! Même si l'on se chamaillait souvent, même si on se lançait des insultes, c'était toujours amical… Je l'aimais cet elfe, malgré son air hautain. Je l'aimais comme un frère !

Je n'ai ressenti une rage comparable que lors de la mort de Nellina… Un mélange de tristesse, de colère et de désespoir qui a émergé sans prévenir, qui s'est transformé en un déchaînement incontrôlé de mes pouvoirs qui ont réduit mon navire en cendres.

Actuellement, nous sommes tous regroupés sur une plage, atteinte tant bien que mal en chaloupe ou à la nage. L'équipage dort pour reprendre des forces alors que je fixe les flammes du feu devant moi. JA est près de moi, en train d'assembler des branchages qu'il fait préalablement roussir dans le feu afin de fabriquer une statue en l'honneur de son papa. On ne sait toujours pas avec certitude si ce petit peut réellement ressentir des émotions ou s'il les simule selon ses connaissances, mais il s'est montré très empathique avec moi et je lui en suis reconnaissant. Même s'il me tombe souvent sur les nerfs, je dois reconnaître qu'il nous a sortis de nombreux mauvais pas.

C'est avec une certaine surprise que je m'aperçois que les premiers rayons du soleil commencent déjà à poindre à l'horizon. La nuit est passée et je n'ai pas fermé l'œil du tout… Mais j'ai pris une décision. Malheureusement, JA n'aura pas le temps de terminer sa sculpture.

— Viens, JA, on s'en va !

— Ah oui ? Où va-t-on, tonton ?

— On va retrouver ta mère !

⋆

Je me réveille alors qu'un brouhaha considérable s'élève dans le campement. Il fait déjà bien jour. Les hommes crient et se disputent pour une raison qui m'échappe. Des discussions enflammées sur le sort des prisonniers me parviennent aux oreilles. Oh non ! Je réveille brusquement Éomira qui sursaute de panique.

— Le capitaine ! Je crois qu'il est en danger. Vite, il faut aller voir ce qui se passe !

Nous accourons près de l'attroupement qui s'est formé sur la plage. Les hommes se bousculent et vocifèrent insulte après insulte envers leurs pairs afin d'obtenir raison. Quelqu'un semble se trouver au centre du groupe, mais je n'arrive pas à distinguer son visage puisqu'il semble échoué sur le sol, en train de se faire piétiner.

Dorac arrive sur les lieux de la scène peu après nous.

— Ça suffit! Bande d'idiots, qu'est-ce qui se passe ici?

La cohue se calme et l'équipage se retourne vers leur capitaine. Astor prend la parole au nom du groupe.

— Un espion cap'taine. Yé arrivé c'te nuit. Ou p't'être un voleur…

Le groupe s'écarte pour nous laisser apercevoir le prisonnier, retenu par deux matelots. Les deux bras m'en tombent. Je ne peux empêcher un cri :

— IREF!

Je plaque tout de suite mes deux mains sur ma bouche, mais trop tard! Tous les yeux sont à présent fixés sur moi. Même Éomira me regarde d'un œil malaisé. Ce n'était effectivement pas la meilleure idée que de dévoiler que nous le connaissions. Iref me regarde aussi, les yeux à demi-fermés, me souriant faiblement. Mon frère est dans un sale état.

— Iref, n'est-ce pas? me lance Dorac. Intéressant… Tu sembles bien le connaître.

— Je… C'est… un membre de mon ancien équipage.

— Peut-être seront-elles un peu moins fainéantes, lance-t-il à l'équipage, maintenant qu'on a l'un de leurs bons amis comme prisonnier.

Un rire général et partagé s'élève du groupe.

— Prisonnier ? Ah ça non, Dorac ! C'est…

— CAPITAINE Dorac ! Petite insolente…

Éomira dépose aussitôt sa main sur mon épaule pour me calmer. Je ravale mes mots de justesse et ramène l'air ambiant à une température normale. Un peu plus et je m'emportais.

— Ce qu'elle voulait dire, capitaine, c'est que cet homme nous sera d'une grande aide pour trouver le trésor. Il sait très bien se battre et il possède une grande force. Vous comprendrez toutefois qu'en ce moment il nécessite rapidement de bons soins afin qu'il guérisse de ses blessures si nous voulons profiter de ses talents afin de…

— Oui, oui, ça va, j'ai compris ! Toi, tu parles toujours trop ! Et pourquoi je ne le transformerais pas en soldat immortel à son tour si ce n'est que pour bénéficier de sa grande force ? Je prendrais bien un garde du corps supplémentaire !

Je panique un peu devant son raisonnement… Que dire à présent ? Mes idées ne sont pas claires, je préfère laisser aller Éomira dans sa lancée.

— Vos soldats immortels, ô capitaine Dorac, ne sont pas très bavards. Si l'ancien équipage d'Iref est dans cet archipel, en quête du même trésor que nous, peut-être pourrions-nous bénéficier de quelques informations pour…

— D'accord, ça suffit ! Chose certaine, pour l'instant, nous garderons un œil dessus. Pansez ses blessures et qu'il se repose.

Un vent de protestation s'élève de la foule.

— J'ai parlé ! hurle le capitaine. Exécution !

L'équipage tire Iref jusqu'à la tente des soins en le laissant trainer à moitié au sol. Mais quel manque de respect ! Je lui ferai un jour regretter toutes ses actions à ce Dorac, bien que Lornic soit celui à blâmer dans cette histoire. Éomira me sort de mes sombres pensées en s'approchant de mon oreille :

— Adria… Je ne veux pas t'alarmer, mais Sir et JA n'étaient pas avec Iref ?

C'est vrai ! La scène m'a sortie si brutalement de mon sommeil que je n'ai pas eu le temps de réaliser qu'Iref est seul. Où sont mon amoureux et mon fils ? Ils ont dû se cacher, oui, ça doit être ça… Sir n'est pas du genre à se faire repérer aussi facilement. Et JA doit se trouver, comme à son habitude, en sécurité sur l'épaule de son père. Ils doivent donc être près d'ici, je les reverrai très bientôt !

⋆

La capture de mon frère me force à repousser notre entrevue avec les sirènes. La journée et la nuit sont passées sans que je puisse parler à Iref. Au moins, il s'est vite remis de la raclée reçue. Il devrait sortir de la tente des soins cet après-midi ; peut-être pourrions-nous discuter un peu ensemble. Nous avons certainement beaucoup de choses à nous raconter ; plusieurs semaines se sont écoulées depuis notre séparation au port.

À la demande du capitaine, je m'affaire depuis plusieurs heures à tresser un filet de pêche à l'aide de vieux cordages récupérés sur une épave à proximité. Éomira, de son côté, construit des cages afin de trapper des animaux — toutefois, je crois qu'elle se base, à tort, sur la taille des farovacs de l'Atlantide pour estimer celle des animaux de l'île, puisque sa cage pour les lièvres pourrait attraper un sanglier.

Au moins, ça nous tient occupées jusqu'à ce que mon frère soit libéré. Éomira doit m'accompagner lors de ma prochaine visite chez les sirènes, mais je ne laisserai pas mon frère sans surveillance avec cet équipage de plus en plus brutal et imprévisible. Absorbée par mon travail, je sursaute alors que l'on jette quelqu'un sur le sol à côté de moi :

— Il voulait te voir, crache le marin responsable de mon sursaut.

Je regarde plus attentivement la personne étendue sur le sol : Iref! Je le retourne. Il a un bras immobilisé dans des bandages et grimace de douleur.

— Iref!

— Allô... Ça... ça va, toi?

Je le serre contre moi et je l'entends gémir :

— Du calme! Ils m'ont cassé une côte!

— Oh, pardon!

Je le laisse et je lui prends sa main libre.

— Tu n'as pas l'air en bon état...

— Pas vraiment... Ils y sont allés fort... J'ai la cheville en compote, aussi.

Effectivement, il a une attelle à la jambe droite. Je jette un œil à l'homme qui vient de traîner mon frère jusqu'ici : il est armé, il a les bras croisés et nous fixe durement. C'est probablement le geôlier de mon frère, puisque Dorac ne lui fait pas confiance. Je caresse les cheveux de mon frère et m'adresse au garde :

— Puis-je prendre soin de mon ami dans ma tente, s'il vous plaît ?

— Pas de problème, mais je reste avec vous ! Ordre de Dorac !

Zut !... Comment me débarrasser de lui ? Mon regard glisse vers la dragonne qui continue de fabriquer ses cages un peu plus loin. J'ai alors une idée et je me concentre sur son esprit pour lui parler par la pensée. C'est l'un des dons jadis donnés par Nellina, mais je n'ai que très rarement eu l'occasion de l'utiliser... Quoique non, la vérité, c'est plutôt que je n'y pense jamais.

— *Éomira ! C'est moi, Adria.*

Je la vois sursauter à son tour et se tourner vers nous.

— *Adria ? Tu me parles dans ma tête ?*

— *Oui, c'est un don offert par une vieille amie... Mais pas le temps de t'expliquer. On vient de me ramener Iref, j'aimerais que l'on puisse être seuls afin de le soigner sans regard extérieur... Mais il y a ce pot de colle qui ne veut pas le lâcher. Tu veux bien venir le distraire ?*

— *Heu, oui... Je peux bien faire ça pour toi... Mais comment ?*

— *Ne t'en fais pas, j'ai une idée !*

Je lui explique mon plan, et Éomira acquiesce. Elle défait rapidement les deux cages qu'elle avait assemblées tant bien que mal, elle se lève avec une mine dépitée et vient voir le garde :

— Monsieur, s'il vous plaît, aucune de mes cages ne tient debout, pourriez-vous venir m'aider ?

L'homme lui lance un regard sévère :

— Je ne peux pas, j'ai des ordres!

— Mais si je ne réussis pas à terminer ces cages, je ne pourrais pas attraper de lièvres pour le souper, renchérit la dragonne. Et de la viande fraîche ferait plaisir au capitaine.

Le marin semble être moins sûr de lui tout d'un coup. Comme je m'en doutais, je crois bien que pour lui aussi, la perspective d'un repas de viande fraîche est très attirante. Avec le rationnement des derniers jours, ce n'est pas étonnant. J'en profite :

— S'il vous plaît, monsieur. Je veux simplement prendre soin de mon ami dans ma tente. De toute façon, il ne pourra pas aller bien loin. Je vous promets de bien le surveiller.

Le matelot hésite encore, puis il finit par céder. Il m'aide à transporter Iref jusqu'à la tente, puis il va aider Éomira avec ses cages. Je souris à mon frère :

— Enfin seuls…

Je le serre doucement contre moi.

— Tu m'as tellement manqué grand frère… J'étais tellement inquiète…

Il me tapote le dos :

— Moi aussi, j'étais inquiet… Content de voir que tu vas bien. Tu peux… me débarrasser de ces bandages, s'il te plaît?

— Oh… Oui, bien sûr!

Je commence par sa côte brisée en posant mes mains sur son torse pour faire appel à ma magie comme avec le capitaine Drake, puis c'est son bras que je ressoude, ensuite sa cheville que je régénère. Quand j'ai terminé, la tête me tourne.

— Ouf!... Veux-tu bien me dire comment ils ont fait pour t'amocher à ce point ? Tu ne t'es pas défendu ou quoi ?

Il soupire de bonheur de ne plus souffrir et retire ses bandages.

— Pas vraiment... La dernière fois que je me suis défendu cela s'est mal terminé, alors...

— C'était donc bien toi, l'explosion, c'est ça ?

Il acquiesce, visiblement mal à l'aise. Un silence un peu gêné s'installe. Mon frère me scrute du regard et me prend dans ses bras.

— Je suis tellement content de te retrouver, Dragma.

Je ne peux retenir les larmes qui coulent sur mes joues. Je suis tellement heureuse de sa présence et de sa chaleur réconfortante !

— Maintenant que je n'ai plus ces stupides blessures... Allons marcher, d'accord ?

J'acquiesce. Nous nous faufilons hors de la tente, alors que le garde tente visiblement d'expliquer à Éomira que le petit gibier ne nécessite pas des cages pouvant contenir un homme. Puis, nous nous dirigeons vers l'océan pour nous promener le long de la plage, les pieds légèrement dans l'eau. Cela m'étonne un peu de la part d'un dragon de feu, mais il semblerait qu'Iref commence à s'habituer à côtoyer mon élément après ce long voyage. Il reste longuement silencieux, fixant parfois le sol, devant lui, parfois le ciel, comme s'il allait bientôt parler, mais se renfrogne aussitôt.

Malheureusement, les questions me brûlent les lèvres et je ne compte pas les retenir plus longtemps :

— Qu'y a-t-il, Iref? Où sont Sir et JA? Qu'est-il arrivé à Sabrina et aux autres? Dis-moi qu'ils vont bien…

Moment de silence. Mon frère reprend d'une voix faible :

— Adria… Il s'est passé beaucoup de choses depuis que l'on s'est séparé. Ça n'a pas été facile. Sir… Sir est…

Il s'interrompt. Un frisson me parcourt. Cette pause de quelques secondes me paraît durer une éternité. Est-ce que je veux vraiment entendre la suite? Suis-je prête pour ça?

— Sir est… loin… de toute cette violence et de cette haine, maintenant.

Ses mots prennent un moment à me parvenir complètement, comme si leur sens ne voulait pas être saisi, mais ils finissent par me faire l'effet d'une avalanche glacée. Tous mes muscles me font défaut et je m'écroule lourdement dans le sable. Autour de moi, l'eau s'agite, se dresse en tourbillon, puis elle se fige dans des formes déchirées, violentes, et ma vision se brouille. J'entends mon cœur battre à tout rompre dans tout mon corps, comme si sa détresse voulait s'extirper de ma chair.

Mon frère fait fondre ma barrière de glace involontaire et me prend dans ses bras. Mon esprit tourne, vacille, tombe. Il se noie à l'intérieur. La chaleur des bras de mon frère et cette suffocation, c'est tout ce que je suis capable de distinguer dans ce maelström de douleur qui m'aspire.

J'entends mon frère qui me parle, mais je ne comprends rien. Sir… Sir… Sir… Comment est-ce possible?… Ce n'est pas possible, justement! C'est un cauchemar!

Je ne sais pas combien de temps tout cela dure. Je finis par suffisamment émerger de mon propre esprit pour comprendre ce que mon frère raconte :

Il m'explique avec quelle bravoure Sir s'est battu et à quel point il a contribué au succès de leur expédition. Il me raconte comment il a obtenu le poste du maître-canonnier après avoir menacé d'un couteau celui déjà en poste et tout le respect que lui vouait l'équipage en tant que vrai meneur. Il m'assure que, fidèle à son habitude, Sir l'a empêché de faire plusieurs bêtises.

Je ne l'écoute qu'à moitié, la conscience encore tiraillée entre la réalité et l'asphyxie. Sir n'est plus… Notre famille…

— JA ! je me rappelle soudainement. Et lui, où se trouve-t-il ? Ne me dis pas que lui aussi…

— En fait, JA était avec moi lorsque je suis arrivé sur cette île. Il m'aidait à reprendre des forces, mais lorsque ton équipage m'a trouvé, le petit était parti cueillir des fruits.

— Oh non ! il doit être mort d'inquiétude ! Je dois le retrouver.

Je me relève d'un pas rapide, mais m'écroule à nouveau dès que j'essaie de mettre un pied devant l'autre. Le visage de mon beau Sir me revient à l'esprit. Je fonds une fois de plus en larmes.

— Adria… Tu dois te reposer et prendre du temps pour toi. Je vais t'aider à revenir au camp.

— Non… Je… je dois… JA, essayé-je d'articuler entre deux pleurs.

— Ne t'inquiète pas pour le petit, Éomira et moi, nous le retrouverons.

Mon frère me prend dans ses bras et il me soulève de terre. Je n'ai même pas la force de résister. Cela me rappelle ces moments où nous étions plus jeunes ; Iref me prenait dans ses bras pour me ramener à la maison après une longue journée de labeur à purifier l'eau du dôme, une tâche qui me vidait parfois complètement de mes forces.

Je me laisse porter, alors que mon esprit vagabonde vers différents souvenirs avec Sir : notre rencontre à l'ère médiévale, alors que nous avions été placés en équipe pour une mission royale, le courage dont il a fait preuve face au yéti, le sourire de reconnaissance qu'il avait lorsque je suis revenue du futur pour le guérir de sa maladie, son admiration pour les habiletés incroyables de notre ami samouraï, le moment de panique qu'il a vécu alors qu'un petit robot inconnu s'accrochait désespérément à lui en l'appelant « papa », la force avec laquelle il m'a sauvée de ces suceurs de sang assoiffés, la détermination avec laquelle il coursait contre le majestueux centaure en Grèce antique, mais surtout, la chaleur de ses bras et le confort de ses lèvres contre les miennes.

Je n'aurai plus jamais la chance de partager ces moments avec lui, où nous étions seulement tous les deux, où nous étions simplement bien. Il me déchiffrait sans même que j'aie à parler et savait comment me réconforter. Lui qui espérait ne pas me survivre trop longtemps, du haut de sa longévité d'elfe, je n'aurais jamais pensé qu'il partirait avant moi et que je devrais surmonter cette épreuve. Oh Sir !…

Finalement arrivés au campement, nous nous assurons que la voie est libre, puis mon frère me dépose dans le lit sous ma tente et me recouvre de la voile en guise de couverture, par affection plus que par nécessité.

— Repose-toi bien, Adria, je veille sur toi et nous retrouverons JA.

Alors que mon esprit commence à se laisser envelopper par les brumes du sommeil, je revois le rêve où Sir disparaissait au loin. À mon réveil, ces images m'avaient laissé un mauvais pressentiment. Voilà maintenant leur signification, ce à quoi elles devaient me préparer. Mais peut-on vraiment être prête pour la perte de l'être aimé ?

★

La plaine est verdoyante et paisible. Un faible vent fait onduler les herbes. Le soleil est magnifique, presque irréel. Bientôt, il se couchera à l'horizon, teintant les nuages d'or et de rose. Il y a deux personnes qui m'attendent. Elles me tournent le dos, mais je veux aller les voir, leur parler, les serrer dans mes bras… Le soleil se couche. Elles s'effacent et s'évaporent dans le ciel.

CHAPITRE 11

UN CADEAU INESTIMABLE

C'est une petite voix agitée qui m'extirpe de mon sommeil :

— M'man, m'man ! Je suis de retour. M'MAN !

Je me redresse aussitôt dans mon lit, les yeux grands ouverts. Je rattrape de justesse le petit à l'aide d'un toboggan de glace avant qu'il ne s'écrase par terre, propulsé par mon réveil brutal alors qu'il se trouvait par-dessus moi.

— Ouiiii !

Ouf, de justesse !

— JA ! Tu aurais pu te casser quelque chose ! Sois donc un peu plus vigilant !

— Oui, oui, maman ! Tu parles d'un ton colérique, mais ton pouls et ta chaleur corporelle m'indiquent que tu es contente et soulagée de me revoir. Moi aussi, m'man, je suis content de te revoir, ajoute-t-il en s'approchant de moi.

Je le prends aussitôt dans mes bras pour l'étreindre bien fort. Le petit a raison, je devrais apprendre à contrôler mes sautes d'humeur, je suis si heureuse qu'il soit de retour !

— J'ai tellement d'aventures à te raconter ! On a combattu tout plein de mortivants ! Et…

Je retiens ma peine et laisse le petit me raconter quelques-unes de ses péripéties en prenant soin de lui demander ce qu'est un mortivant. Je reconnais bien là mon Sir d'avoir trouvé un nom aussi ridicule à ces créatures pour faire taire JA et son avidité de connaissance. Toutefois, le nom me semble plutôt justifié.

À la suite du récit de JA, je m'extirpe de mon lit et je m'aventure hors de la tente. Le soleil vient à peine de poindre à l'horizon et la majorité de l'équipage est toujours endormie. Je reconnais Iref et Éomira, assis devant les braises encore fumantes du feu de la veille. Pendant un bref instant, j'ai même cru apercevoir Sir, mais ma vision s'est rapidement estompée pour laisser place à un douloureux sentiment de vide. Celui que j'avais pris pour Sir est le garde chargé de surveiller Iref qui continue de porter ses bandages pour ne pas éveiller les soupçons. J'arrête ma progression un instant et respire profondément. Une partie de moi veut garder espoir qu'il reviendra, comme une intuition, mais je dois me faire à l'idée que Sir est bel et bien mort et qu'il ne reviendra pas. Le temps de reprendre mes esprits, je poursuis ma marche jusqu'au feu de camp. Nous devons mener à bien notre mission. Pour l'Univers, les dragons… Et pour Sir…

Avant de parler, je m'assure qu'il n'y a personne de réveillé dans les environs et je viens poser ma main sur l'épaule du garde afin de le geler sur place. Je pense que nous serons partis avant qu'il fonde, alors tant pis pour la subtilité. Et puis je ne veux pas me faire poser des questions sur JA. Je transporte ensuite monsieur glaçon pour le cacher dans notre tente afin que nous puissions discuter tranquillement. Iref a l'air de trouver ça drôle et il en profite pour se débarrasser de ses bandages et de son attelle.

— Alors, les amis ! dis-je en les rejoignant. Quel est le plan d'action pour aujourd'hui ?

— Comme tu me l'as expliqué, me répond aussitôt Éomira, je dois moi-même me rendre devant les sirènes pour récupérer le fragment. Plus vite nous irons, plus vite nous mettrons fin à ce fléau et contrecarrerons les plans de Lornic !

— Et je… je vais vous accompagner, ajoute Iref d'une voix assurée.

— Tu vas quoi ?

S'il essaie de faire de l'humour, je n'ai pas vraiment le cœur à rire ce matin… Mon frère, Iref, dragon de feu, qui désire nous accompagner pour une expédition sous-marine ? Et puis quoi encore ? Je vais me retourner et voir une nuée de farovacs volants derrière moi ? Il serait beaucoup mieux pour lui qu'il nous attende, caché dans la forêt.

— Tu m'as bien compris, sœurette, je vais vous accompagner. Les choses se corsent et je préfère largement avoir des milliers de litres d'eau au-dessus de ma tête dans ce tunnel plutôt que d'être à nouveau séparé de toi avec le risque de te perdre. Une perte dans ce voyage, c'est déjà bien assez…

Moment de silence… Pourquoi devait-il faire allusion à lui ?

— Ouiii ! lance JA pour interrompre le silence. Tonton Iref est brave et il vient avec nous. Tonton, c'est le meilleur !

— Oh que oui, mon grand ! répond Iref en ravivant subtilement les braises du feu.

— D'accord, d'accord ! Mais si tu paniques, ne viens pas pleurer dans mes bras. On mange pour prendre des forces et on file en douce du campement. On va couper par les bois.

Nous avons enfin fini d'endurer cette acerbe version de Dorac ! Notre départ se fera sans retour possible !

⋆

Avant notre départ, nous effectuons un petit détour par la cage où le capitaine Drake est toujours retenu afin de lui rendre sa liberté. Mais bien que j'aie congelé leur geôlier et brisé les gonds de la porte, les prisonniers ont préféré ne pas bouger. N'ayant plus la force de parcourir de grandes distances, ils considèrent qu'ils ont au moins de la nourriture tous les jours, ce qu'ils ne pourraient peut-être pas trouver en errant sur l'île. De plus, j'ai compris que Drake espère encore un retour à l'état normal de son frère, convaincu qu'il ne peut pas lui faire plus de mal. J'ai malheureusement dû me résigner à les abandonner à leur sort en leur promettant de tout faire pour rétablir la paix.

Cela fait près d'une heure que nous marchons quand nous apercevons enfin l'entrée du tunnel camouflée derrière une petite chute ; le même tunnel par lequel je suis revenue sur la terre ferme après ma discussion avec les Trois.

— On y est !

— Je ne vois pas de tunnel ? Es-tu sûre de toi, la sœur ?

— Je le sens, approuve Éomira. Une grande émanation de magie provient de cette chute… Ou plutôt de derrière elle.

Éomira s'élance au pas de course, patauge dans le petit bassin et disparaît derrière la chute en passant directement au travers. Je vois Iref se crisper. J'aimerais profiter un peu plus de ce rare spectacle : un Iref incertain et craintif, mais je vais faire la bonne petite sœur. En un clin d'œil, j'écarte le torrent de la chute pour créer une ouverture vers le tunnel afin qu'il ne se mouille pas.

— Merci, Adria, mais tu sais... Ce n'était pas nécessaire...

Je passe d'abord par l'ouverture avec JA sur mes épaules. J'en profite pour glisser mes bras dans l'eau pour me rafraîchir. Iref, lui, me suit de près. Dès qu'il est passé, je referme l'ouverture de façon à l'éclabousser.

— ADRIA !

Je me tords de rire devant son expression apeurée et colérique. Spectatrice de la scène, Éomira ne peut se retenir et elle se joint à moi.

— Tonton est tout mouillé, hi, hi, hi ! Ne t'inquiète pas, tonton, tu ne peux pas t'éteindre.

— Grrr. Allez, continuons notre route !...

Nous descendons d'abord un grand escalier en colimaçon afin de rejoindre les profondeurs. On sent très clairement la magie des sirènes imprégner l'endroit. C'est probablement une protection qui empêche les indésirables de trouver et d'emprunter ce passage. Une fois au fond, nous parcourons pendant quelques minutes un tunnel sous-marin fait de terre avant qu'il ne laisse place à un merveilleux couloir construit à l'aide de la magie des sirènes. Celui-ci ressemble à une très longue bulle d'air longeant le fond de l'archipel, camouflé par des algues de toutes sortes et des dunes. Toutefois, malgré le fait qu'il soit dissimulé ainsi, il est possible d'admirer la beauté des eaux au-dessus de nous, ce que fait Éomira de façon très expressive.

Pour ma part, je dois surtout surveiller Iref :

— Ça va, frérot ? Tu me sembles blême…

— Ou… oui. Ça vvv… va Adria. Je me con… contrôle ! C'est juste de l'eau !

Je ne peux m'empêcher de sourire, mais je ne vais pas en rajouter pour éviter qu'il perde connaissance ou, pire encore, qu'il fasse exploser le tunnel dans un mouvement de panique.

Après une longue marche, nous arrivons finalement à la salle du trône de la reine Cordélia. La galerie étant complètement submergée, j'ai déjà convenu avec le groupe de leur créer une bulle géante qui filtrera l'oxygène dans l'eau pour leur permettre de respirer. Je contrôlerai la bulle afin de faciliter leurs déplacements. C'est une chance que j'aie des pouvoirs à la fois sur l'air et sur l'eau ! Iref n'aime visiblement pas l'idée, mais, au moins, il nous accompagne ; c'est là l'essentiel.

— *Mes salutations, Adria. Heureuse de te revoir.*

En apercevant le visage de mes compagnons, je constate qu'ils reçoivent eux aussi les communications télépathiques des sirènes.

— *Bienvenue, Éomira, Iref et JA, parmi le peuple des sirènes. Ne nous éternisons pas en formalité, suivez-moi sans plus attendre.*

Cordélia s'élance rapidement dans les couloirs par lesquels je suis arrivée lors de ma première visite, suivie de près par ses acolytes. Je pourrais les talonner facilement, mais je prends le temps de faire doucement avancer la bulle qui contient les autres. Aller trop vite pourrait faire craquer Iref. Éomira, elle, reste fascinée. Quant à JA, il semble déblatérer tout ce qu'il sait sur le moindre coquillage, algue, corail ou poisson qu'il voit.

De longues minutes plus tard, à déambuler dans un véritable labyrinthe de couloirs, nous arrivons devant une pièce gardée par huit imposants tritons armés. Je reconnais Morgad, qui m'avait escortée jusqu'à la reine la première fois. Au regard qu'il me lance, je devine qu'il m'a aussi reconnue, mais il reste concentré. Avant d'entrer, la reine semble avoir une discussion télépathique avec lui. Peut-être doit-elle lui donner un mot de passe pour confirmer son identité. La porte est ouverte, et nous entrons. Une fois à l'intérieur, j'aperçois au centre de la pièce un coffre incrusté de pierres précieuses et de coquillages de toutes les couleurs. Leur disposition particulière laisse deviner la silhouette d'un dragon. J'en déduis que ce doit être à l'intérieur que repose le fragment depuis ces derniers millénaires.

— *Éomira, approche, ma chère. J'ai besoin de toi.*

— *Bien sûr, reine Cordélia, que puis-je faire pour vous aider?*

— *En fait, ce serait plutôt pour vous aider vous-même dans votre quête. Le coffre est scellé à l'aide d'un puissant enchantement qui reconnaîtra celui ou celle qui est digne d'en récupérer le contenu. S'il confirme que tu es bel et bien un pur dragon, le fragment sera à vous et la tâche qui nous a été confiée il y a des milliers d'années prendra fin. Approche-toi du coffre, pose tes mains sur celui-ci et un jugement sera rendu.*

Je vois Éomira déglutir. Il n'y a aucun doute possible qu'elle ne soit pas un pur dragon, mais la procédure semble tout de même l'intimider. Peut-être est-ce seulement la pression qui la fait craquer…

— *On est en sécurité ici, Éomira, et tu ES un pur dragon, rien ne peut arriver.*

— *Oui, je sais, Adria, tu as bien raison. C'est seulement que c'est la première fois qu'une responsabilité aussi importante repose sur mes épaules, donc ça me fait tout drôle. Allez, je me lance !*

Je lui crée une bulle personnelle grâce à laquelle elle s'approche du coffre, qu'elle effleure. En posant ses mains sur la boîte, au début, rien ne se produit. Après quelques secondes d'incertitude, de petites bulles de lumière se mettent à émerger du coffre et tournoyer autour des bras d'Éomira, puis de son corps. Plus les secondes passent, plus les bulles sont nombreuses, formant un véritable petit tourbillon autour d'elle. Après quelques instants, les bulles lumineuses se dissipent complètement et le couvercle du coffre émet un léger déclic. Lentement, Éomira soulève le couvercle pour découvrir le même genre d'objet qui nous avait été confié par le prince à la Renaissance : un étrange morceau de verre qui semble cassé, couvert de curieux symboles. Visuellement, il n'a rien d'attirant, mais je ressens aussitôt son énergie magique particulière, cette même énergie qui m'est maintenant familière.

— *Ce fragment de la Sphère d'Équilibre est vôtre à présent, prenez-en le plus grand soin !*

— *Merci, ma reine, merci pour tout.*

Éomira sourit, visiblement fière et heureuse. Sa bulle retourne se joindre à celle d'Iref et de JA. La reine nous regarde :

— Il y a… autre chose pour vous, ici-bas. Je crois…

— Ah bon ? Quoi donc ?

— En fait, j'aimerais que tu m'accompagnes, Adria, et que les autres retournent au tunnel.

Intriguée, je hoche la tête en signe d'approbation et je jette un regard à mes amis qui me rendent la pareille. Je les reconduis d'abord au tunnel, devant maintenir la bulle pour leur permettre de respirer. Quand nous passons devant eux, les huit tritons nous dévisagent, se doutant probablement que nous venons d'ouvrir le coffre et que nous partons avec le trésor qu'ils gardent depuis si longtemps. Une fois mes amis en sécurité, je suis à nouveau la reine dans les couloirs. Elle me mène dans un endroit que je n'ai encore jamais vu, devant une porte close.

— Je t'avertis, ce que tu vas voir risque de t'ébranler… Tiens-toi prête.

Je me demande de quoi il peut bien s'agir pour qu'elle prenne le temps de me mettre en garde. Au moment où nous entrons dans la pièce, mon cœur fait un bond dans ma poitrine, de puissants frissons parcourent mon échine et une grande tristesse m'envahit. Je n'en crois pas mes yeux…

— Aaa… Driii… Aaaa

Sir est là, devant moi, flottant nonchalamment au centre de la pièce, sous forme de spectre verdâtre, exactement comme nous était apparu Merik sur le bateau après sa mort. Son visage habituellement si enjoué n'arbore aucune expression et son regard vide est fixé sur moi. Je ne peux pas soutenir cette vision si triste de mon amoureux, les émotions prennent le dessus… Je me retourne prestement pour m'en aller, mais Cordélia m'attrape par le bras avant que je ne puisse bouger.

— *Tu n'as pas tout vu, mais surtout, tu ne m'as pas laissé le temps de t'expliquer…*

Je me retourne pour observer la pièce plus attentivement, tentant d'éviter de croiser à nouveau le regard du fantôme de Sir. C'est alors que je vois le corps de mon bel elfe noir étendu sur une table tout au fond. Ils l'ont attaché pour l'empêcher de flotter.

— *Qu'est-ce que ça veut dire ?… Pourquoi Sir est-il ici ?*

— *Lorsque Sir a reçu de plein fouet un boulet de canon, il est passé par-dessus bord et il a sombré dans les profondeurs. Nous avons senti sa magie elfique et nous sommes alors venues à sa rencontre, intriguées par sa présence ici. Ce n'est pas toutes les décennies que nous avons de la visite de ce genre. Lorsque nous avons vu son collier de corail, le même que tu portes, symbole de l'amitié des sirènes, nous avons décidé de le garder en sécurité dans nos galeries, jusqu'à ce que nous comprenions la raison de sa présence. Lorsque tu es venue vers nous, j'ai alors compris qu'il appartenait à votre groupe ; malheureusement, il avait déjà succombé à ses blessures.*

Voilà pourquoi la reine avait laissé échapper « toi aussi » en apercevant mon pendentif. Oh Sir !… Si seulement j'avais été là pour te protéger et combattre à tes côtés… Peut-être que je n'aurais pas à supporter ce difficile portrait de toi aujourd'hui. J'aurais tout donné pour pouvoir te revoir une dernière fois, mais pas dans ces conditions…

— Toutefois, avec cette étrange magie noire à l'œuvre, son esprit est encore parmi nous, donc il est possible qu'il existe une solution…

— Quoi ? Que… que voulez-vous dire, Majesté ?

Cordélia se dirige vers un petit coffret près du corps de mon amoureux et en sort délicatement une perle blanche et brillante comme la neige sous le soleil d'hiver.

— Voici une perle de vie. Les œufs de sirènes sont rares et seule une infime proportion d'eux viennent à maturité pour éclore. Lorsqu'il n'y a pas de croissance ni d'éclosion, nous les conservons pour leurs propriétés magiques. C'est ce qu'on appelle les perles de vie. C'est le secret de l'incroyable longévité des sirènes.

— Donc, cette perle pourrait…

— Ramener Sir parmi nous. Il n'y a aucune garantie que cela fonctionne ; cette situation est une première pour nous aussi, mais, à l'unanimité, nous avons consenti à utiliser une de nos précieuses perles et d'en faire l'essai sur lui. Il ne me manque que ton accord.

Que pourrait-il arriver de pire qu'en ce moment ? Son esprit erre sans enveloppe dans notre monde, risquant à tout moment de se transformer en mortivant s'il s'échappe et fait une mauvaise rencontre. J'en suis certaine, rien ne pourrait être pire que de le voir se transformer en soldat de Lornic.

— Vous avez mon accord.

Sa Majesté acquiesce alors que ses deux acolytes entrent dans la pièce, leurs longs cheveux roux et blanc ondulant au rythme de leur battement de queue. Celles-ci vont aussitôt se positionner autour du corps de Sir, accompagnées par Cordélia qui dépose la perle sur la poitrine du défunt.

Presque aussitôt, une éclatante lueur blanche émane de la perle et illumine la pièce alors que les Trois récitent une formule pour accomplir le rituel magique. Plus le temps passe, plus la lumière blanche se fait intense et aveuglante, à un point tel que j'ai de la difficulté à garder les yeux ouverts. Après quelques instants, le fantôme de Sir, qui regarde la scène avec consternation, se met à onduler et perdre de son opacité. Soudainement, celui-ci disparaît complètement et la lumière de la pierre s'éteint aussitôt. Le silence plane dans la pièce ; personne n'ose bouger ou dire quoi que ce soit, tous fixant le corps inanimé de l'elfe. Je réalise alors que nous sommes sous l'eau et que Sir aura besoin d'oxygène s'il se relève. Je crée alors une bulle autour de lui comme avec les autres. C'est toujours le silence total... Je m'approche et pénètre dans la bulle pour doucement détacher les liens de Sir qui l'empêchaient de se faire balloter au gré du courant. Mes mains sont tremblantes. Plus les secondes passent, plus ce spectacle me donne le goût de pleurer.

Par miracle, sa bouche s'ouvre enfin — j'entends le son d'une respiration faible et saccadée.

— Sir ! m'écrié-je en lui attrapant les épaules. Sir, allez, dis-moi que c'est bien toi, que tu es de retour !

Ses yeux s'ouvrent lentement, se referment à quelques reprises, puis finissent par plonger dans les miens.

— Ad... dria. Tu es si belle... Je pensais ne plus te revoir.

Je serre Sir de toutes mes forces, mes larmes noyant son épaule et mes sanglots secouant les miennes. Je n'arrive pas à le croire ! C'est un miracle ! Sir me rend faiblement mon étreinte.

— Tout… tout doux… Je… J'avais… les côtes cassées…

— Tais-toi…

J'approche mon visage du sien et embrasse passionnément ses lèvres tremblotantes. S'il n'était pas aussi faible, j'aurais continué pendant des heures, jusqu'à ce que je réalise vraiment et pleinement qu'il est revenu, mais je dois le laisser respirer.

Continuant de pleurer, je lui caresse la joue du bout des doigts ; il pose son visage dans ma main, me souriant doucement, cherchant toujours son souffle. Pour l'aider à reprendre des forces, j'appuie ma paume sur son torse et je ferme les yeux. L'eau coule entre mes doigts et pénètre sa peau, lui redonnant de l'énergie. Revigoré, il se redresse et me serre à son tour contre lui.

— Adria…

— Sir…

Autour de nous, les sirènes semblent se réjouir de nos retrouvailles.

— *Je suis heureuse que ça ait fonctionné. Permettez-moi de vous offrir ceci…*

La reine nous tend une autre perle de vie, mais je n'ose pas la prendre, me sentant déjà terriblement redevable envers les sirènes.

— *Non… Votre Majesté… C'est trop… C'est beaucoup trop ! Nous vous devons déjà tellement…*

— *Non, Adria. C'est vous qui avez à protéger le monde. C'est nous qui vous en devons beaucoup. Cette perle n'est qu'une protection de plus contre la mort, qui guette le moindre de vos gestes…*

Vous en aurez certainement besoin dans votre combat contre Lornic. C'est si peu, quand on y pense vraiment…

— Mais… mais votre rituel… Je ne serais pas capable de le reproduire…

— N'en soit pas si sûre. La magie guérisseuse de l'eau coule dans tes veines… Le jour où tu auras à t'en servir, même si je souhaite qu'il n'arrive jamais, tu y parviendras.

Ne sachant plus quoi répondre, j'acquiesce et saisis la perle. Elle est étonnamment chaude au toucher. C'est réellement étrange.

Cordélia se tend brusquement.

— Oh non ! Adria, vous devez partir au plus vite !

— Qu'y a-t-il, Majesté ?

— Je viens de recevoir une alerte. Les morts-vivants ont commencé à plonger ! Ils viennent chercher le fragment !

— Je ne peux pas vous laisser les affronter seuls. Je vous ai causé ces problèmes, je les affronterai avec vous. Mes amis partiront avec le fragment par le tunnel et je vous aiderai.

— Mais Adria, ta mission est plus importante que…

— Que votre survie ? Alors que vous venez de me rendre l'amour de ma vie ? Allez, je ramène Sir au tunnel, puis vous me conduisez à l'extérieur de ces galeries, et ces morts-vivants vont regretter de ne pas être vraiment morts !

Je me retourne alors vers mon amoureux.

— Les retrouvailles auront été de courte durée, mais je reviendrai rapidement.

— Sois prudente Adria, je ne veux pas te perdre à nouveau…

Je lui réponds d'un simple clin d'œil, un petit sourire en coin. Sois-en certain, je reviendrai.

Je sors de la bulle et me dépêche de ramener Sir au couloir magique derrière le trône. Une fois qu'il est en sécurité, confié à Iref, Éomira et JA, qui n'en reviennent tout simplement pas de le voir marcher et respirer, je leur explique rapidement la situation et je retourne voir la reine.

— *Rejoins Morgad et les autres dans le couloir, ils te conduiront à l'extérieur. Au nom de tout le peuple des sirènes, au nom de tes sœurs de l'eau, merci, Adria !*

Alors que je me dirige vers l'extérieur avec les tritons, j'ai un serrement au cœur. J'espère réellement que ce ne sera pas ma dernière bataille.

★

Cordélia avait raison, les mortivants abondent vers les profondeurs. Ici et là, je vois de nouveaux cadavres ambulants plonger dans l'eau dans l'espoir de récupérer le fragment pour leur véritable maître. Il n'y a plus le moindre doute à avoir : c'est effectivement pour ce trésor que Lornic a commandé cette chasse. Tout s'éclaircit, maintenant ! N'ayant probablement pas encore la puissance nécessaire pour voler lui-même son butin aux sirènes, protégé par le sortilège qu'Éomira vient de briser, il a organisé cette chasse afin d'obtenir de l'aide. À présent qu'il n'est plus en possession des sirènes, tous ses soldats se ruent à sa recherche.

Morgad et son équipe se lancent à leur rencontre afin de les combattre au corps à corps à l'aide de leurs tridents et lances.

De mon côté, je me dirige vers deux mortivants à l'écart et je les congèle dans un grand bloc de glace avant de les propulser vers la surface. Je répète ce scénario avec plusieurs mortivants qui n'offrent aucune résistance à mes sorts de glace. Après avoir fait une dizaine de victimes, je me retourne vers Morgad pour réaliser que lui et ses hommes sont en difficulté.

Les mortivants ne cessent d'affluer, mais malgré les pouvoirs magiques des tritons pour les repousser, ainsi que leur aisance naturelle à se déplacer dans leur élément, les ennemis sont maintenant en surnombre et leur donnent du fil à retordre.

— *Tenez bon !*

Je me déplace rapidement en me propulsant à l'aide d'un courant magique de façon à toucher un bon nombre de mortivants sur mon passage, les transformant à leur tour en glaçon. Toutefois, à ce rythme, je n'y parviendrai jamais… On perd du terrain ! Et je dois gagner du temps pour que mes amis s'enfuient avec le fragment.

— *Descendez tous vers la cité, je vais les repousser ! Il est temps que je fasse une démonstration de mes pleins pouvoirs sous l'eau et qu'ils prennent un bon bain !*

Sous l'eau, je me sens invincible. Je n'ai pratiquement qu'à visualiser ce que je veux et l'effet est instantané.

Je crée alors un immense tourbillon au-dessus de nous qui se met à tourner de plus en plus rapidement. D'abord, les mortivants tentent de passer à travers les bourrasques, mais j'arrête bien rapidement leur progression en intensifiant la puissance du typhon. Les revenants se font chahuter de tous bords et de tous côtés avant d'être emportés vers la surface par le tourbillon infernal et démesuré qui vient de se former, créant ainsi une barrière protectrice pour la cité.

— *Bravo, Adria ! Très impressionnant !*

— *Merci, Morgad ! Je…*

Tout à coup, je sens une magie s'opposer à la mienne. Je n'arrive pas à en identifier la source, mais je sais qu'elle est puissante. Malgré toute l'énergie que j'y mets, le tourbillon commence à perdre de sa force.

— *Qu'y a-t-il, Adria ? Quelque chose ne va pas ?*

— *C'est… Cette force… Je ne pourrai pas… tenir bien plus longtemps !*

— *Tiens bon. Je reviens rapidement. Vous tous, prêtez-lui votre force.*

Alors que Morgad se précipite vers les profondeurs, ses sept coéquipiers se dirigent vers moi et déposent leurs mains sur mes épaules. Je sens aussitôt leur magie s'infuser en moi, ce qui me redonne de la vigueur. Malgré tout, je sens que je n'arriverai pas à gagner la bataille ; pourrais-je au moins résister jusqu'au retour de Morgad ? Ne tarde pas trop, s'il te plaît…

Les minutes passent et je me sens de plus en plus faible à maintenir l'énorme masse d'eau en mouvement. Alors que je sens que je suis sur le point de lâcher prise, une main supplémentaire s'ajoute dans mon dos. Je reconnais aussitôt cette énergie, la reine Cordélia !

— *Tes amis sont en sécurité maintenant, ainsi que le fragment. Pars à leur poursuite, ils auront besoin de toi… Cette énergie m'inquiète moi aussi. Ici-bas, nous prenons la suite des choses en main à présent.*

— *Mais vous…*

— *Nous arriverons à les repousser. Sinon, tout comme vous, nous ferons de notre mieux dans cette grande bataille pour la survie de notre monde.*

Relâchant peu à peu mon emprise sur le tourbillon, je me retourne vers Sa Majesté, pour constater que les Trois sont autour de moi. Derrière elles, le peuple presque entier des sirènes, armé et armuré, s'est regroupé pour poursuivre la bataille.

— *Soyez bien prudentes ! DragOR entendra parler de toute l'aide que vous nous avez apportée dans notre quête. J'ose vous dire à la prochaine, ma chère reine.*

— *Au revoir, Adria !*

Je relâche complètement mon emprise magique sur les eaux et je file à toute vitesse vers la cité afin de rattraper mes amis dans le tunnel.

CHAPITRE 12

L'AFFRONTEMENT

J'ai réussi à rattraper le groupe pendant l'ascension de l'escalier en colimaçon. Sir semble aller beaucoup mieux ; je crois que mon énergie lui a fait du bien. Après une longue route remplie d'émotions fortes, nous arrivons près de la baie.

Une brume épaisse et surtout étrange s'est installée ; une forte odeur de fumée nous parvient, et entre les bourdonnements des canons, des cris de détresse se font entendre.

— Que se passe-t-il ? lance Iref, paniqué.

— Ce sont des cris et de la fumée provenant des canons et d'un feu, explique fièrement JA.

D'instinct, je me concentre et crée un fort vent afin de dissiper le brouillard et la fumée. La zone recouverte est immense, alors je ne peux pas tout dégager aussi rapidement que je le voudrais, mais je parviens quand même à nous donner de quoi voir.

Une grande partie de la baie a littéralement pris feu. Bien que nous soyons à une certaine distance des bateaux, nous pouvons apercevoir les mortivants. Plusieurs ont pris place comme canonniers. Un groupe jette des barils à l'eau et les embrase aussitôt avec des flèches enflammées. D'autres lancent des harpons, ne laissant aucune chance à leurs ennemis. La mer a même pris une étrange teinte noire.

Des cris horribles s'élèvent.

— Oh non ! Les sirènes sont en danger ! panique Éomira. Il faut faire quelque chose !

— Pourquoi sont-elles sorties de l'eau ? demande Sir, essayant de comprendre la situation. Elles sont en sécurité dans leur ville grâce à leurs pouvoirs, non ?

— Elles sont sorties pour nous aider ! expliqué-je. C'est pour nous qu'elles sont là !

— Hé zut ! rage Iref. Qui leur a dit qu'on avait besoin d'aide ? Elles vont toutes se faire tuer si ça continue !

— On ne peut pas les empêcher de vouloir défendre leur territoire non plus ! lance Éomira. Qu'est-ce qu'on fait ?

Voir une telle boucherie me rend malade. Nous ne pouvons pas rester les bras croisés !

— Il faut les sauver ! lancé-je. On ne peut pas les laisser comme ça !

— Non ! tranche Sir. Si elles font ça, c'est pour nous permettre de nous enfuir avec le fragment ! Se battre rendrait leur sacrifice inutile !

— Regardez ! nous crie Iref. Sabrina !

Iref nous pointe Sabrina sur l'un des bateaux, affrontant désespérément son propre équipage de mortivants qui semble s'être retourné contre leur ancienne maîtresse.

— Je dois aller l'aider ! s'exclame Iref, tout en amorçant sa progression dans l'eau.

— Iref ! hurle Sir en essayant de le retenir. Ne fais pas l'imbécile !

Mon frère ne prend même plus le temps d'argumenter et enflamme son bras afin que Sir le lâche.

— On doit prendre part à la bataille, maintenant ! affirme Éomira. On n'a plus le choix ! Je me suis retenue tout le voyage, c'est le temps !

Je suis sûrement blême, paniquée devant ce qui se passe. Je jette un œil à Éomira et acquiesce en tremblant :

— On n'a plus trop le choix, en effet…

Éomira est soudainement prise de convulsions. Ses tremblements se mettent à augmenter rapidement. Sa taille grandit, déchirant sa robe ; sa peau se déforme et prend une couleur verdâtre. Tout à coup, des ailes lui poussent sur le dos, des écailles vert pastel recouvrent son corps et sa mâchoire s'allonge. Nous assistons à sa transformation. Quelques secondes plus tard, nous avons devant nous un véritable dragon d'air. Petite, coquette certes, mais quand même une dragonne dans toute sa splendeur et sa prestance.

Elle rugit puissamment et s'élance vers le ciel. En quelques battements d'ailes, elle survole la baie et s'empresse de foncer sur les mortivants.

Pour ma part, je forme une sorte de canot de glace dans lequel je m'embarque sans plus attendre.

— Viens, Sir ! On doit aller aider Iref !

C'est avec une réticence évidente que Sir attrape ma main pour monter sur mon embarcation. Il essaie de déposer JA, mais le robot s'obstine à rester sur les épaules de son père.

— D'accord ! abandonne Sir. Tu peux rester là, mais fais bien attention, d'accord ?

— Pa !

— Oui, JA ?

— Je t'aime, papa !

— Moi aussi, fiston…

Il commence à avoir le tour, ce petit…

Avec mes pouvoirs, je fais rapidement avancer le canot de glace sur l'eau noire. Sir bande son arc. Nous récupérons Iref au passage et, une fois qu'il est à bord, nous nous dirigeons vers le bateau de Sabrina.

Plus nous nous approchons, plus la scène devient limpide.

Ce qui a rendu l'eau noire ce sont les barils d'huile qui sont jetés à l'eau et enflammés par les mortivants. Les sirènes se débattent au milieu des flammes et des harpons, n'arrivant pas à monter sur les bateaux à cause de l'huile qui les englue. Certaines ont réussi à toucher quelques monstres grâce à des flèches ou des lances, mais ces adversaires déjà morts ne s'arrêtent pas pour si peu.

Heureusement, il y a Éomira. La dragonne et son puissant souffle de vent font tomber les mortivants par-dessus bord, permettant aux sirènes de les achever. J'espère que leur âme est ainsi libérée.

En plus du bateau de Sabrina, j'en vois au moins deux autres. C'était probablement les trois sur lesquels il y avait le plus de mortivant. *Le Pélican*, lui, n'est pas là.

Une fois à proximité, Iref lance des boules de feu à répétition. Plusieurs de ses lancers touchent leurs cibles, projetant ainsi des mortivants directement à l'eau. De mon côté, j'essaie de provoquer des vagues afin d'éteindre les sirènes en feu, l'huile recouvrant leurs écailles. Le résultat n'est pas très concluant puisque la surface elle-même est enflammée à plusieurs endroits et donc m'oblige à agir avec précaution. Sir, lui, fait toujours mouche. Visant les yeux, il rend plusieurs mortivants aveugles.

Une fois collé au bateau de Sabrina, c'est au tour d'Iref d'avoir des convulsions. Dans un rugissement de rage, il se couvre d'écailles rougeoyantes et son visage prend des traits reptiliens. C'est la première fois que je le vois se transformer en demi-dragon pour se battre, et c'est aussi la première fois que je remarque que sa transformation lui octroie de petites cornes.

— Adria ! Sir et toi allez vous occuper des autres bateaux, je vais finir de nettoyer celui-là !

Sur ces mots, il saute et plante ses griffes dans la coque, qu'il escalade rageusement. Je stabilise notre embarcation qu'il a failli faire chavirer et m'éloigne promptement, évitant de justesse un mortivant tombant à l'eau par l'attaque d'Éomira.

— L'idée n'est pas si mauvaise… dis-je en souriant. On a nos chances de gagner cette bataille !

— Si tu le dis… lâche Sir en encochant une nouvelle flèche. Je ne sais pas, Adria… J'ai un mauvais pressentiment…

— Pa ! Attention ! À droite ! signale JA.

Sir décoche une flèche qui se fiche dans la tête d'un mortivant qui nous visait avec un mousquet.

— Ouais ! Bien joué, pa ! En plein dans le mille !

Je reste sur mes gardes en me dirigeant vers le prochain bateau. Éomira a commencé à nettoyer le dernier en envoyant une petite tornade sur le pont, et sur le bateau de Sabrina, Iref s'en donne visiblement à cœur joie, les boules de feu fusant de toutes parts.

— Pa, je m'inquiète pour les rats sur le bateau…

— Ce n'est pas vraiment le temps pour ça, JA…

Comment ça, pour les rats? Qu'importe, ce n'est pas le moment, je demanderai des explications plus tard; nous arrivons à portée du bateau.

— Mauvaise nouvelle, je n'ai plus de flèches! lâche Sir en envoyant sa dernière sur le canonnier mortivant le plus près. Une idée?

— Laisse-moi réfléchir…

Quelques instants de réflexion plus tard, une idée me vient en tête. Je me concentre. Le vent se met à souffler et progresse à grande vitesse. Après quelques secondes, je redirige avec soin de puissantes bourrasques sur la voile du bateau. L'agressivité du vent réussit à déplacer doucement l'embarcation directement dans les flammes. Celui-ci prend aussitôt feu. Les mortivants à bord plongent tous à l'eau.

— Bravo, chérie!

— C'est ma maman qui a fait ça, youpi!

Je regarde la situation et je ne peux m'empêcher de me sentir soulagée.

— À ce rythme, les sirènes devraient éliminer tous les mortivants!

— En effet, maman! Elles ont exactement 82,76 % de chance de vaincre l'ennemi dans la situation actuelle, nous informe JA.

— Ne crions pas victoire tout de suite non plus… nous arrête Sir d'une voix étrangement sombre. Regardez là-bas !

Il désigne une silhouette ombreuse juchée sur une petite barque qui flotte doucement vers nous. Elle a la forme d'un énorme pirate tout vêtu de noir. Cette chose nous observe en s'esclaffant d'un rire diabolique. Je reconnais aussitôt cette énergie, cette même puissance magique démesurée que j'ai affrontée sous l'eau tout à l'heure… La même que le médaillon de Dorac et que celle que l'on sentait encore dans les quartiers généraux de la Guilde des Murmures… Lornic…

— Il est temps de faire connaissance, lance-t-il en riant.

Une sirène ayant repéré l'inquiétante silhouette lui jette sa lance. La forme disparaît brusquement dans un nuage de fumée, laissant la lance se perdre dans l'eau. Elle réapparaît en intensifiant ses rires.

— Il faudra faire beaucoup mieux que ça si vous espérez m'avoir ! rajoute-elle d'une voix grave et froide, empreinte d'un écho lugubre.

L'ombre semble poser un regard circulaire sur le champ de bataille navale.

— Vous avez bien engagé cette première manche, je m'avoue vaincu ! Mais la bataille ne fait que commencer !

Lornic lève les mains au ciel, et tout à coup, dans d'horribles gargouillements visqueux, des silhouettes difformes surgissent à la surface de l'eau. Elles ont des tentacules, des mains palmées et des yeux jaunes. Ces créatures sont des êtres mi-homme mi-pieuvre au corps totalement noir. L'énergie qui se dégage d'elles est la même que celle de la silhouette.

— Attention ! s'écrie Sir. Nous ne connaissons pas ces créatures. Restons sur nos gardes !

Nos ennemis mettent en œuvre une tactique déroutante. Ils ne cessent de disparaître de la surface et de réapparaître aussi subitement, comme s'ils se fondaient à leur environnement, se rapprochant à grande vitesse. En un instant, nous nous retrouvons encerclés sans avoir pu entrevoir la moindre solution de fuite.

— Maman ! Je n'arrive pas à analyser leurs déplacements ! Ils sont probablement magiques !

Je me dépêche de lancer un sortilège de glace qui parvient à geler deux créatures d'un coup.

— Bien joué ! Attention, à droite !

— Maman ! À gauche !

Je congèle rapidement la créature indiquée par Sir et de justesse celle de JA. Durant un bref instant, j'entrevois la possibilité d'une victoire.

Mes espoirs sont cependant de courte durée. Ayant rapidement compris nos forces, les créatures changent de rythme. Leurs allées et venues sont de plus en plus rapides. Leur vitesse est devenue telle qu'il devient presque impossible de les suivre des yeux.

Je tente de nouveau d'en congeler une, mais je ne parviens qu'à toucher l'eau. Je remarque également avec horreur des créatures se battre avec un avantage certain contre les sirènes. Certaines se dirigent aussi vers les bateaux dont s'occupent Iref et Éomira.

Alors que Lornic éclate d'un grand rire machiavélique, je jette quelques lances de glace autour de nous pour dissuader les créatures de trop approcher, mais je ne sais pas si ça sert réellement à quelque chose.

— Adria ! Sir ! Tenez bon !

La dragonne semble avoir abandonné son bateau pour venir à notre rescousse.

Éomira trace de longs cercles autour de la zone affectée par ces bêtes. Elle est probablement en train d'étudier les bestioles, mais elle ne devrait pas trop tarder, car elles sont sur le point d'attaquer.

Je lui demande par télépathie :

— *Si tu as une idée, je suis preneuse !*

— *J'en ai une, Adria ! Protégez-vous d'une bulle d'air, vite !*

Une bulle d'air ? Elle compte nous submerger ou quoi ? J'obéis tout de même et nous enveloppe d'une solide protection que je maintiens grâce à mes pouvoirs. La réponse ne se fait pas attendre.

— Regarde, Adria ! me lance Sir. Les créatures ont ralenti leur assaut.

Effectivement, elles semblent tout à coup avoir un malaise dès qu'elles sortent la tête de l'eau.

— C'est comme si elles manquaient d'air, papa, remarque JA. C'est Éomira qui a fait ça ?

Elle contrôle en effet l'air autour de notre bulle ! Ou plutôt, elle le retire ! Brillante, la petite ! Il fallait y penser !

Des dizaines de créatures, privées d'oxygène, perdent conscience ; d'autres se réfugient dans les profondeurs. L'attaque semble maîtrisée.

— Je savais qu'elle serait à la hauteur. Avez-vous vu ça ?

— Attention, maman, me coupe JA. Ces créatures sont probablement pourvues de deux systèmes d'oxygénation.

— Quoi ?

— Un quand elles sont à l'extérieur de l'eau, et un autre lorsqu'elles sont immergées.

— JA a raison, grince Sir en serrant son arc pour s'en servir comme d'une arme contondante. Elles vont revenir…

Sir a à peine fini son intervention que les remous réapparaissent et les créatures reprennent leur rythme, nous attaquant cette fois par-dessous. Je suis surprise, mais je parviens à stabiliser la barque de glace. Je l'épaissis aussi, me demandant combien de temps elle va tenir.

Du haut des airs, Éomira remarque notre situation et, sans tarder, invoque des vents violents. Rapidement, ceux-ci se transforment en petites tornades, qu'elle dirige autour de nous. En touchant l'eau, ces tourbillons deviennent des trombes marines qui aspirent les créatures pour les rejeter plus loin, formant ainsi une protection contre toute intrusion. Je dois redoubler d'efforts pour nous maintenir stables, mais la protection porte ses fruits.

— Ça va nous donner un peu de temps. Des idées ? demande Sir.

— Le monsieur noir s'énerve, nous informe JA.

Voyant l'agressivité de notre réponse, l'ombre noire lève les mains au ciel de nouveau.

— Donnez-le-moi et je vous épargnerai !

Il parle certainement du fragment de la Sphère d'Équilibre.

— JAMAIS ! hurlé-je.

Soudainement, les coups de canon qui avaient cessé reprennent de plus belle.

— *Éomira ? Qu'est-ce qui se passe ?*

— *Adria ! Il y a de nouveaux mortivants sur les deux bateaux ! Et ceux-là ont l'air plus féroces que les précédents !*

Éomira doit éviter un boulet qui la frôle de justesse.

— *Laisse-nous et va aider Iref ! Il ne tiendra pas longtemps tout seul ! Nous allons nous débrouiller !*

— *Tu… tu es sûre ?*

— *Oui, vas-y !*

— *D'accord, j'y vais !*

La dragonne nous laisse et vole à toute vitesse vers le bateau de Sabrina.

— Qu'est-ce qui se passe ? demande Sir.

— Il y a de nouveaux mortivants sur les bateaux, Éomira est allée aider Iref !

— Papa, est-ce que ces nouveaux mortivants sont toujours des mortivants ? Dans ce cas, je crois qu'il faudrait peut-être leur trouver un autre nom. Ceux-là tirent des boules de feu ! Regarde !

Le bateau qu'Éomira a nettoyé plus tôt se dirige maintenant vers nous et, sur le pont, nous pouvons apercevoir plusieurs dizaines de mortivants jeter des projectiles enflammés aux sirènes qui sont encore en état de se battre. La situation n'est vraiment pas reluisante…

À quelques mètres de nous, les créatures aquatiques se préparent à porter un nouvel assaut.

— Si quelqu'un a une autre idée, c'est le bon moment de la dire ! ajouté-je désespérément.

— J'en ai une ! Que diriez-vous de geler l'eau ?

— Quelle bonne idée, chéri !

— Eh ! ce n'est pas moi qui ai parlé Adria, répond Sir, c'est le petit.

— Oh pardon !... C'est tout ce bruit... Mais le petit est devenu un stratège de guerre, maintenant ?

— Eh bien... J'ai toujours des plans, mais vous ne m'amenez jamais dans vos combats ! explique JA, d'un ton frustré.

Je me concentre et rassemble mes énergies en visualisant l'eau passer de liquide à solide. La mer se fige sur plusieurs mètres autour de la barque. Si les créatures veulent se battre, elles vont devoir le faire hors de l'eau ! Je forme des lances de glace et je suis prête à transpercer la première tête à tentacules qui aura la mauvaise idée de se montrer !

Mais, étrangement, les créatures ne tentent plus rien... Quelque chose ne va pas... Même le bateau a cessé d'avancer vers nous, se concentrant sur les sirènes restantes. Je jette un œil vers l'autre bateau, celui sur lequel se battent Éomira et Iref, pour me pétrifier d'horreur.

— Quelqu'un voit-il Éomira ? demandé-je, paniquée.

Je la cherche des yeux. J'observe rapidement le ciel de long en large, sans succès.

— Maman, à 500 pieds, dans ce remous, j'aperçois deux de ces créatures aquatiques noires qui sont en train de trainer Éomira par ici ! Elle est inconsciente et brûlée gravement. Oui ! C'est bien Éomira !

— Tu vois ça d'ici, JA?

— Oui, maman, j'ai une vision télescopique, pas vous?

Mon sang se glace dans mes veines. Non! Pas Éomira!

Lornic se remet à rire, toujours juché sur son bateau.

— Et maintenant, que comptez-vous faire? Regardez par là un peu!

Lornic nous pointe le bateau de Sabrina où Iref est jeté par-dessus bord. Même d'ici j'aperçois le sang sur ses vêtements. Aucune sirène ne semble encore mener le combat. Iref est saisi par les créatures. Je tremble de panique, je ne sais plus quoi faire, tous mes sens sont embrouillés.

Le bateau de Lornic se met doucement à avancer vers nous jusqu'à accoster la plateforme de glace. À le voir s'avancer vers nous, triomphant, je croirais presque l'entendre siffloter.

— Il est temps de se rendre à l'évidence : j'ai gagné et vous avez perdu! Maintenant, donnez-moi le fragment, et vous pourrez partir avec vos amis.

Éomira et Iref sont déposés sur la glace par les créatures. Éomira est brûlée et inconsciente, alors qu'Iref saigne abondamment, luttant pour rester éveillé.

— Or… dure… Monstre… réussit à marmonner Iref.

Non… Non… C'est impossible… Ça… Ça ne peut pas se terminer comme ça! Je n'arrive même plus à bouger tant je suis pétrifiée.

Est-ce vraiment là le dernier combat de notre vie? Comment combattre cette créature? Ses pouvoirs sont sans doute beaucoup plus puissants que les nôtres réunis. Et qu'arrive-t-il avec nos amis les sirènes? Sont-elles toutes mortes ? Allons-nous devoir donner le fragment à Lornic et condamner notre univers ?

Alors que Lornic n'est pas encore tout à fait à notre hauteur, Sir me saisit par l'épaule et nous fait reculer sur la plateforme.

— Un pas de plus, Lornic, et nous disparaissons ! Tu n'auras jamais le fragment !

Je regarde Sir, puis JA. Le petit a la machine à voyager dans le Temps dans les mains, prêt à s'en servir. Non ! On ne peut pas abandonner Iref et Éomira !

La silhouette arrête d'avancer et se fend d'un nouveau rire.

— Soyons réalistes… Si vous n'êtes pas déjà partis, c'est que vous tentez de gagner du temps pour trouver comment les sauver. Mais c'est peine perdue. Vos pouvoirs ne peuvent rien contre moi ! En voici la preuve !

Je n'ai pas le temps de cligner des yeux que Lornic est sur moi et me saisit le bras de sa main de fumée noire. Un sentiment glaçant me coupe le souffle. Cette magie noire… J'ai l'impression qu'il absorbe ma force vitale !

Mon bras est toutefois enveloppé d'une intense chaleur.

Une violente explosion de lumière balaye tout autour de nous. La fumée noire de Lornic se dissipe, rejetée dans le ciel sous une forme diffuse. Toutes les créatures à tentacules se mettent à hurler produisant des cris de douleurs stridents. Et au milieu de ces lamentations, la voix de Lornic vocifère :

— MAIS QU'EST-CE QUE C'EST QUE CETTE MAGIE ?

Totalement confuse, je regarde mon bras : le bracelet donné par le génie brille de mille feux, alors que le corps de Lornic se reforme tranquillement.

— ADRIA ! VITE ! C'EST MAINTENANT OU JAMAIS !

Sir s'est précipité sur Iref et le soulève pour le trainer jusqu'à Éomira ; je m'empresse de les rejoindre, malgré de violents étourdissements. J'ai l'impression que le monde tangue sous mes yeux.

— Non… marmonne Iref. Pas… Sabrina…

JA hurle comme un bébé s'agrippant au cou de son père. Sir, paniqué, me regarde dans les yeux. Jamais auparavant je n'ai vu autant de détresse dans les yeux de mon elfe. Il m'agrippe fortement, m'attire vers lui avec la force qui lui reste, en me chuchotant d'une voix désespérée :

— J'espère que tu vas me le pardonner…

Une lumière familière nous enveloppe. Une vive lumière bleue. Avant que je ne puisse dire quoi que ce soit, la téléportation a débuté…

CHAPITRE 13
LA DURE RÉALITÉ

Jamais un retour n'avait été aussi sec et brutal. Il nous était déjà arrivé de nous enfermer dans un temple, poursuivis par des elfes en colère, afin de faire notre rituel de départ, mais jamais nous ne nous étions enfuis au cœur même de la bataille…

Sur le coup, j'en ai vertement voulu à Sir de nous avoir forcés à partir aussi brutalement, mais ma rage n'a pas duré. Elle a rapidement fait place à un intense sentiment de vide, presque d'échec.

Certes, nous avons ramené le fragment, mais pour ce qui est d'empêcher Lornic de faire des dégâts, ça, c'est autre chose. Combien de personnes sont mortes au court de cette aventure ? Les âmes des mortivants ont-elles pu être libérées ? Ce qui restait des équipages présents, Sabrina, Drake, ont-ils pu survivre ? Qu'a fait Lornic après notre départ ? Tant de questions qui demeurent sans réponses…

Il y a une dizaine de situations auxquelles je n'arrête pas de penser en me demandant ce qui se serait passé si nous les avions gérées autrement…

Si nous ne nous étions pas séparés dans deux équipages différents.

Si nous avions privé Dorac de son médaillon dès que nous avons compris qu'il s'agissait de l'énergie de Lornic.

Si nous étions allés rejoindre les sirènes par nos propres moyens.

Si nous avions tenu tête à Dorac en dévoilant nos pouvoirs.

Et bien d'autres…

Dans tous les cas, le malaise créé par le retour de cette mission est palpable. Nous n'avons pas trop discuté depuis le retour, chacun restant dans son coin. J'imagine Sir penser à la mort qu'il a vécue et Iref à sa belle Sabrina… Nous ne restons pas pour autant enfermés dans nos chambres, mais nous allons et venons sans vraiment le signaler aux autres.

Aujourd'hui, j'ai décidé d'aller aux nouvelles dans la chambre du Temps. Zuntis m'a répondu que selon leurs estimations, les conséquences de notre semi-victoire n'ont pas été aussi catastrophiques qu'on pourrait le croire. Selon toute vraisemblance, Lornic a quitté les lieux peu après nous et ses perturbations ont été emportées avec lui. C'est déjà ça. Au moins, il ne se sera pas acharné sur cette époque après que le fragment lui a glissé entre les griffes.

Je suis ensuite allée faire mon rapport auprès de DragOr. Apparemment, j'étais la deuxième à le faire, après Sir. Comme toujours, le dragon d'or a été très doux et compréhensif. Il m'a aussi confirmé que la prochaine expédition ne serait pas pour tout de suite. Ce n'est pas pour me déplaire.

Il a également eu la gentillesse de me donner des nouvelles d'Éomira. Elle se porterait maintenant très bien, mais son père refuse qu'elle nous voie. DragOr doute que nous ayons à nouveau son assistance lors d'une prochaine mission. C'est dommage, Éomira a prouvé sa valeur, mais avec ce qui vient d'arriver à Sir, je pense que c'est effectivement plus sage. Je ne peux plus garantir la sécurité de ceux qui nous accompagneront dans le futur.

— Ma pauvre Adria, je vois ton cœur plus troublé que de l'eau écumeuse. Ne laisse pas les erreurs du passé obscurcir ta vision de l'avenir. Nombreuses sont les épreuves à venir, mais tant qu'elles ne seront pas jouées, l'espoir est toujours permis.

— Oui, maître DragOr. Je sais que vous avez raison. Mais nous avons failli échouer cette fois…

— Oui, mais ce ne fut pas le cas. Tu as totalement le droit de te remettre en question, c'est une saine démarche, mais tu ne dois pas perdre confiance en toi pour autant. Tu dois simplement en tirer des leçons. Nous combattons un adversaire qui a plusieurs visages. Il est normal de ne pas toujours savoir sur quel pied danser avec lui. Tu vas apprendre de tes erreurs et être prête pour la prochaine fois. Et même si tu échoues, je sais que tu te battras jusqu'à la fin, comme la digne héritière de la lignée des dragons que tu es…

Il achève son discours en un doux sourire. Je ne sais pas trop pourquoi, mais ces simples mots suffisent à m'emplir d'un nouveau courage, d'une nouvelle énergie. Je crois qu'on ne cesse de me dire que je suis de « tel sang » ou de « telle affiliation magique », mais que c'est la toute première fois que l'on me dit en être digne… Tout d'un coup, je me sens moins petite dans ce monde démesuré.

Je quitte DragOr de bien meilleure humeur, presque joyeuse, ayant envie d'aller serrer mon frère et mon amoureux dans mes bras. Mais je me suis promis de faire un dernier détour.

★

Camille va bien mieux depuis notre retour. Elle est capable de sortir de l'eau, flottant avec légèreté autour de son bassin curatif. Encore quelques jours tout au plus et elle pourra aller faire mordre la poussière à bien des habitants de l'Atlantide.

Parce que maintenant que notre amie va mieux, on voit vraiment dans sa manière d'être et son attitude que c'est une guerrière. Elle meurt d'envie de sortir de sa chambre et d'aller se mesurer à des dragons pour voir ce qu'ils valent dans une arène. Ça l'étouffe d'être enfermée dans cette salle jusqu'à nouvel ordre. Au moins, elle associe un sang bouillant à un respect de l'autorité ; Iref pourrait bien apprendre d'elle.

Dans tous les cas, ma visite lui fait extrêmement plaisir et à peine ai-je mis un pied dans la pièce qu'elle me bombarde de questions, à un tel point que j'en suis étourdie. Le temps de s'asseoir, les pieds dans l'eau, je lui raconte au mieux ce que nous venons de vivre : notre arrivée, la taverne du Caboteur, les discours des capitaines, la séparation sur deux bateaux différents, la traversée pénible, à ne pas savoir si nous devions intervenir ou non, les fantômes qui se transforment en soldats-esclaves au contact des capitaines, les combats, les sirènes, Lornic…

La discussion est extrêmement longue, en particulier parce que je dois prendre le temps de lui expliquer certaines notions que je tiens personnellement pour acquises, comme ce qu'est un canon, un mousquet, de la bière ou une sirène. Mais je suis patiente, et ça a quelque chose de rassurant de lui en parler à elle, qui a déjà affronté Lornic.

Elle est vraiment étonnée que Lornic ait empêché la disparition de l'âme après la mort du corps et que Sir ait pu revenir à la vie grâce aux sirènes. Par contre, elle me gronde comme le ferait une grande sœur sur ma conception de « victoire en demi-teinte » :

— *Contre un adversaire comme Lornic, tu gagnes ou tu perds ! Il n'y a pas d'entre-deux ! Vous avez récupéré le fragment et vous l'avez mis en échec ! C'est purement et simplement une victoire totale ! Une victoire ne peut pas être imparfaite. Les dommages collatéraux, quand tu te bats pour ton Univers, c'est sûr qu'il y en a, mais il faut faire avec ! Vaut mieux qu'un millier de personnes meurent que la totalité. Sauver ton monde de l'enfer que lui réserve Lornic est le plus beau cadeau que tu peux lui faire. Personne n'aime les sacrifices, mais ils sont parfois nécessaires. Vouloir sauver tout le monde n'est pas mauvais et c'est même noble de ta part, mais tu dois apprendre à vivre avec les pertes sans te les reprocher. On fait de notre mieux, on fait ce qu'on peut, on ne fait pas toujours ce qu'on veut !*

J'apprécie son discours télépathique plein d'assurance. Je ne suis définitivement pas une guerrière de sa trempe, mais son énergie est contagieuse et m'aide un peu plus à me réconforter.

La discussion diverge et s'étend. Je lui parle de mon passé, pour ne pas dire de mon autre vie, où j'ai grandi sous un dôme en l'an 5000, rêvant de paysages verts et de soleil, réalité que je ne connaissais pas en raison de la pollution devenue un véritable fléau. Je lui explique ensuite en détail nos aventures, nos voyages dans le Temps et comment nous nous sommes retrouvés ici, à combattre Lornic avec les dragons. Elle me pose beaucoup de questions sur le principe des voyages dans le Temps, puisque ce n'est décidément pas quelque chose qu'elle connaît. Après lui avoir exposé tout ce que j'en comprends, elle semble devenir extrêmement songeuse, mais refuse de répondre quand je lui en demande la raison.

Elle continue plutôt en me parlant d'elle, de sa planète, de sa ville, de sa famille, de sa race. Contrairement à nous, les siens entretiennent des relations avec les habitants des planètes entourant la leur. Son peuple est très près de la nature et des animaux, leurs bâtiments étant construits en harmonie avec leurs environnements. Elle me décrit tellement de choses que je peine à imaginer… Leur énergie qui semble être teintée d'une touche de magie, leurs moyens de transport, leur faune, leur flore, leurs citées, leurs technologies…

Quand elle a terminé de répondre à mes nombreuses questions, elle me fixe un instant, puis ajoute :

— *Nous sommes, Adria, toutes deux sur une quête. La quête de notre vie. Nous sommes conscientes que nous ne retrouverons jamais le doux passé. Que jamais le confort de notre famille ne nous sera redonné. Mais malgré cela, nous sommes éperdument convaincues que ce que nous faisons doit se faire et que nous sommes destinées à agir ainsi. Nos histoires s'entremêlent, Adria. Je suis convaincue que ce n'est pas le fruit du hasard que nos routes se croisent.*

Je suis étonnée de telles paroles de sa part ; nous nous fixons un long moment sans rien dire.

Ce qui est sûr, c'est que j'ai maintenant toute confiance en l'avenir.

★

Avant de quitter l'hôpital, je fais un dernier crochet par la chambre d'Éomira. Je ne sais pas si elle y est toujours ou si elle est déjà partie, mais ça ne coûte rien de vérifier.

— Tu dois te reposer !

— Mais papa…

— Éomira !

— D'accord…

Oups… Je n'ai pas jeté le moindre coup d'œil dans la pièce que je devine déjà qui y est… Je ne peux pas être vue par Aséphir, ce serait du suicide… Et puis un hôpital n'est pas un endroit pour faire une scène…

Je reste un moment appuyée contre le mur, à me demander si je prends un risque ou si je passe mon chemin… Finalement, je décide de tenter ma chance et je me concentre sur l'esprit de mon amie :

— *Éomira ? Me reçois-tu ?*

— *Adria ? C'est toi ? Où es-tu ? N'entre pas ! Mon père est là, il me force à faire la sieste…*

— *Je m'excuse, c'est un peu ma faute tout ça…*

— *Ta faute ? Pas du tout ! C'est moi qui n'ai pas été à la hauteur… J'ai cru qu'être en vol me mettrait hors d'atteinte, j'ai manqué d'attention et… voilà… Au final, j'ai été plus un poids qu'un atout, pardon.*

— *Un poids ? Tu rigoles ! Tu nous as sauvé la vie ! Et c'était ta première vraie bataille… C'est moi qui n'ai pas assez veillé sur toi…*

Un court moment de silence s'ensuit…

— *Est-ce qu'on ne pourrait pas dire que l'on a toutes les deux notre part de responsabilité et arrêter de se renvoyer la balle ? On pourrait en avoir pour des heures…*

Je rigole, une main devant la bouche pour ne pas faire de bruit, me disant qu'elle n'a pas tort sur ce point.

— *D'accord, admettons qu'on n'a toutes les deux pas été au meilleur sur ce coup… Comment vas-tu ?*

— *Bien. Mes plaies guérissent bien. Mis à part une petite cicatrice.*

— *Oh non !… Je suis désolée, Éomira.*

— *Désolée ? Arrête Adria ! Maintenant, à chaque fois que je la regarderai, je me rappellerai cette incroyable aventure. Merci de m'avoir fait vivre mon rêve.*

Je me surprends à sourire.

— *Et Sir, Iref et JA ? Comment vont-ils ?*

— *Ça, je ne sais pas trop, par contre… tout le monde a eu besoin de s'isoler un peu. On n'a pas encore pris le temps d'en reparler vraiment… Iref en veut à Sir d'être parti avant la fin de la bataille.*

— *Et toi ? Tu lui en veux ?*

— *Non, plus maintenant. Un peu au début. Mais là, ça va. Je sais qu'il voulait seulement nous sauver.*

— *C'est vrai qu'on ne sait pas ce qui est arrivé aux sirènes…*

— Ni aux autres marins. Mais, selon Zuntis, Lornic n'est pas resté après notre départ.

— C'est une bonne nouvelle.

— Oui, en effet. C'est rassurant, surtout. Et en passant, merci, ma belle. Merci pour tout ce que tu as fait pour moi durant notre voyage.

— De rien, Adria. Et merci à toi ! Pour tout ! C'était vraiment génial cette aventure ! Hyper frustrant par moment, mais je ne regrette rien ! Maintenant je sais un peu mieux ce que c'est que d'être une humaine !

— Ta présence m'aura été d'une grande aide pendant le voyage. Je regrette quand même que notre mission ne se soit pas mieux passée.

— Tu n'y pouvais rien. Mais maintenant, il sera impossible que mon père me laisse à nouveau vous accompagner.

— Je peux malheureusement le comprendre, quand on voit dans quel état tu es revenue…

— Ça aurait pu être pire, vous êtes rentrés en catastrophe pour me sauver ! Oh ! Mon père a l'air de sortir ! Vite, va-t'en ! On se reparlera plus tard !

— Oups, à la prochaine !

Je me précipite derrière un meuble et laisse Aséphir passer avant de prendre un autre couloir pour sortir de l'hôpital.

★

Je pose un premier pied dans le bâtiment du Grand Conseil quand j'entends qu'on m'appelle :

— Adriiiiiiiiiiiia !

Quand je me retourne, je vois une dragonne des montagnes à la robe d'écailles vertes tirant sur le turquoise et à la crête bleu pâle descendre doucement vers moi dans un vol gracieux.

Quand elle se pose près de moi, je suis quelque peu troublée, ne la reconnaissant pas du tout.

— Heum… Bonjour, madame ? Je peux vous aider ?

Visiblement amusée, elle se met à rire.

— Hi, hi, hi ! Tu ne m'as pas reconnue, hein ? C'est moi ! Maïva ! La dragonne qui accompagne Ébrisucto !

Sur ces mots, elle reprend l'apparence de jeune femme humaine que je lui connais.

— Ah ! Maïva ! Bonjour ! Comment s'est passée votre mission ?

— Très bien ! Les griffons se sont montrés très coopératifs. Mais Lornic a fait quelques ravages dans les alentours, alors on a quand même pris le temps de les endiguer avant de prendre le fragment et rentrer. Et pour vous ?

Le malaise dont j'ai réussi à me débarrasser revient me serrer la gorge. À l'entendre, ça a été si facile pour eux…

— Oh !… Bien… On a ramené le fragment…

Je vois dans ses yeux qu'elle a compris que ça n'a pas été aussi fructueux pour nous que pour elle. Elle me fait tout de même un grand sourire.

— Bien ! C'est ce qu'il fallait, non ?

J'acquiesce et la remercie intérieurement de ne pas me demander plus de détails. Mon malaise ne s'attarde pas. D'une main, je tâte le bracelet d'or, de saphirs et d'émeraudes que je porte toujours.

— Si tu es là, c'est qu'Ébrisucto est de retour lui aussi ?

— Oui, et je sais même où il est. Veux-tu le voir ?

— Oui, s'il te plaît. Peux-tu me mener à lui ?

Ça me fait tout drôle de prononcer ces mots. La dragonne me sourit, reprend sa véritable apparence et s'accroupit :

— Allez, monte !

⋆

Maïva me dépose à l'extérieur de la ville, près d'un amas d'énormes rochers qui ne doivent être que des cailloux pour les plus grands dragons. Nous sommes justes à côté de l'océan et le bruit des vagues rythme le silence.

— Je vais aller me promener un peu plus loin. Tu me siffles quand tu voudras rentrer, d'accord ?

— Merci, Maïva. Je suis gênée, tu es beaucoup trop gentille.

— Allons donc ! Je ne vais quand même pas te laisser refaire tout le chemin à pied, ça te prendrait des heures ! Bref, fais-moi signe !

— Merci…

Je regarde la dragonne s'éloigner tranquillement. Elle m'a dit qu'Ébrisucto vient souvent sur ses rochers pour regarder l'horizon. Je fais le tour du gigantesque tas de pierres. Mon cousin est bien là, face à l'océan. J'hésite, puis grimpe sur les rochers pour le rejoindre.

— Salut, toujours vivante à ce que je vois ?

Il n'a même pas tourné la tête, restant dans sa position mi-assise, mi-couchée, accoté sur les imperfections de la roche, les yeux perdus dans les vagues.

— Oui, comme tu le vois…

— C'est bien…

Je m'assois à environ un mètre de lui et regarde les flots. Je grince un peu des dents. Ma présence à ses côtés me semble surréaliste… Et pourtant…

— Je… je pourrais parler à Djaminn?

— Pourquoi?

— Parce que… Je… je voudrais le remercier…

— Pourquoi?

Il m'énerve avec ses «pourquoi»!

— Pour le bracelet qu'il m'a donné…

Je l'entends se redresser.

— Alors il t'a été utile?

Je me tourne vers lui; il me fixe de ses yeux rouges. Je soutiens son regard, même si chaque fibre de mon être se tend.

— Oui. Il m'a sauvé la vie.

Le dragon noir soupire et fixe l'océan.

— Désolé qu'il ait été nécessaire… Et de rien.

Peu à peu, il confirme mes doutes. Je ne le lâche pas des yeux.

— C'est à toi que je le dois, hein?

— Ouais. C'est à moi. J'ai gaspillé un vœu pour ça. Tu croyais quoi? Que Djaminn t'offrait un bijou juste pour tes beaux yeux? Les génies ne sont pas comme ça…

Je prends une profonde respiration pour ne pas m'énerver, mais serre tout de même les poings.

— Je m'en doutais… Tu as souhaité quoi?

— Quelle importance ? Tu es en vie, non ? C'est tout ce qui compte.

— Et ça compte pour toi, que je sois en vie ?

Il ricane et pose à nouveau ses yeux sur moi, un grand sourire sur les lèvres.

— Chère cousine, tiens-tu réellement à savoir ce qui se cache dans le cœur du dragon noir ?

La manière qu'il a de formuler la question me glace le sang. J'ai encore l'impression qu'il joue avec moi…

Je n'ai pas le temps de trouver ma réponse qu'un nouveau ricanement s'échappe de ses lèvres. Il se lève, s'avance jusqu'au bord du rocher et fixe l'horizon. Le vent mêle ses longs cheveux noirs.

— N'oublie jamais que mon cœur ne fait désormais plus qu'un avec celui de ma sœur. Della est peut-être morte, mais son esprit existe toujours en moi. Toi, moi et Iref sommes les derniers. Les derniers d'une race qui n'existe pas encore, mais qui n'existera jamais non plus. Les dragons ne se mêleront plus aux hommes comme ils l'ont fait dans le monde qui était le nôtre. Les demi-sang peuvent encore naître, jamais ils ne connaîtront ce que nous avons connu, jamais ils ne verront ce que nous avons vu, jamais ils ne seront nous…

Je l'écoute sans savoir quoi dire et sans être réellement sûre de vraiment comprendre le sens de ses paroles. Il croise les bras et lève son regard vers le ciel ; je ne peux pas voir son visage, mais sa voix me surprend par sa soudaine douceur :

— Nous sommes trop seuls pour nous permettre de nous perdre encore plus.

Sur ses mots, il saute en bas des rochers et s'éloigne vers la plage.

Mon cœur se serre et des larmes recouvrent mes joues.

*

Je retourne à la maison, le cœur plus léger qu'à mon départ, mais encore troublée par ma rencontre avec Ébrisucto. J'ai juste envie d'aller voir mes deux grands nigauds et les serrer contre mon cœur… Et de jouer aux cartes avec JA, tiens… Ce serait amusant… Même s'il gagne tout le temps.

Quand j'arrive à proximité de notre placard à balai reconverti en maison, j'entends des hurlements : Sir et Iref se disputent. Je me précipite à l'intérieur pour voir ce qui se passe. Les deux sont dans la cuisine : Iref est rouge de rage, Sir est complètement crispé, son sac entre les mains, et JA, tout piteux, est caché sous la table.

— J'ai fait ça pour nous sauver la vie ! argumente Sir en essayant de rester calme. On avait le fragment, tu étais blessé et Éomira aussi. On se serait fait tuer en restant !

— Des excuses ! rage Iref en frappant sur la table. On aurait dû rester ! On aurait dû vaincre Lornic et son armée de merdes ! À cause de toi, on a échoué ! À cause de toi, elle est certainement morte !

Sir balance violement un livre sur la table en direction d'Iref :

— ELLE N'EST PAS MORTE, SACREBLEU ! C'est ça que j'étais venu te dire, espèce de volcan enragé ! Maintenant lis ça et fous-moi la paix ! Viens, JA !

Sir retourne dans sa chambre avec le petit robot sur les talons.

— Oui, papaa… Allô, maman.

— Coucou, mon chéri…

Pendant que la porte de Sir claque, je me tourne vers Iref qui fixe le livre les poings serrés. La température est étouffante, mais je m'avance pour l'ouvrir et parcourir ses pages. C'est un livre de légendes marines rempli de dessins… Sur certaines images, je reconnais Lornic, les sirènes, les étranges créatures à tentacules qui nous ont attaqués et les mortivants. Il a nécessairement été écrit après le combat… Et la signature confirme que l'auteur en a même été témoin :

— Iref… C'est un livre de Sabrina… Et regarde…

Je lui montre une des images : il s'agit d'un homme avec un tatouage de dragon sur la joue. Mon frère se met à trembler, puis il s'effondre en larmes… Oh, Iref…

⋆

J'ai consolé mon frère comme j'ai pu. Il n'a pas été capable de prononcer un seul mot avant de retourner dans sa chambre. Une fois seule, j'ai hésité, puis je suis allée frapper à la porte de Sir.

— Entre, Adria.

Sir est assis sur son lit, visiblement fatigué. Maintenant que j'ai le temps de bien le regarder, je remarque les immenses cernes sous ses yeux rouges. JA est en train de masser le dos de son père.

— Papa est fatigué, maman, il a passé toute la nuit debout !

— C'est vrai ?

Il acquiesce doucement.

— Oui. Je n'arrivais pas à dormir… Alors je suis allé voir s'il n'y avait pas quelque chose d'intéressant à la bibliothèque et je suis tombé sur ce livre il y a une heure… Quoique sans JA j'y serais sans doute encore…

Il se frotte les yeux, visiblement au bout du rouleau. Je viens m'asseoir près de lui et je lui prends la main.

— Tu as bien fait… Ça va lui permettre de tourner la page… Enfin… je l'espère…

— Moi aussi…

Je me tourne vers JA :

— Mon grand, est-ce que tu veux bien aller porter quelque chose à boire à ton gentil tonton ?

— Oui ! Pas de problème, maman !

Il déguerpit, tout heureux de pouvoir aider. Maintenant qu'il est parti, je serre Sir contre moi.

— C'est très noble ce que tu as fait… Mais tu devrais te reposer, après ce que tu as vécu…

Il me rend le câlin avec force.

— Après ce que NOUS avons vécu…

Je déglutis.

— Il n'y a que toi qui es mort…

— Je ne suis pas le seul à avoir souffert…

— Sir…

Il m'interrompt en m'embrassant langoureusement. Je lui rends son amour et, tant que nous avons du souffle, le temps est suspendu.

★

Quelques heures plus tard, c'est Iref qui vient frapper à la porte de Sir, avec JA dans les bras. Lui aussi est cerné maintenant, sûrement à cause des larmes. Nous pouvons affirmer que nous avons eu notre dose d'émotions pour un bon moment... Nous nous regardons un instant et nous faisons tous la paix dans une grande étreinte avant d'aller à la cuisine préparer de la viande de farovac grillée avec des légumes — ou, devrais-je dire, un légume géant coupé en petits morceaux.

L'ambiance est tout de suite plus détendue ; nous revenons à une scène de la vie quotidienne que nous vivons trop rarement. Iref fait cuire la viande et Sir coupe le légume, qui ressemble à un gros navet, mais goûte la carotte. Moi, je sers du lait de farovac à tout le monde pendant que JA analyse les qualités nutritionnelles du légume, nous signalant qu'il est de la famille des brassicacées.

— Je suis vraiment désolé de m'en être pris à toi... s'excuse Iref.

— Non, ça va... Tu avais de l'amertume à exprimer. Je comprends ça. Je comprends totalement ça !

— N'empêche que je suis vraiment un gros boulet...

— Oh, pas plus que d'habitude...

Gros silence... Tout se fige dans la cuisine...

Puis nous partons tous à rire ! Un rire libérateur qui fait tout de suite retomber la pression, nous poussant tout simplement de plus en plus à rire ! Après quelques instants, nous sommes tous pliés en deux à chercher notre souffle.

Plusieurs minutes sont nécessaires pour reprendre nos esprits ; Iref ramasse la viande tombée au sol et nous sourit.

— Ça fait du bien, non ?

— J'ai mal aux côtes… se plaint Sir en s'essuyant les yeux.

— Oh, pauvre petit chou ! dis-je en lui embrassant affectueusement ses blessures.

— Ah, ça va mieux ! Merci, mon amour !

— Pfffff… Fragile petit elfe !

— Ah non ! Je veux garder mon souffle cette fois-ci ! Arrêtez, vous deux ! Hi, hi, hi !

— Il est prouvé que le rire est bon pour la santé ! ajoute JA.

— Ah, voilà ! lance Iref. Je suis un médicament !

Décidément, redevenir sérieux avec ceux-là, ce n'est pas possible ! Mais je suis heureuse que notre famille soit de nouveau unie. Qui sait ce que l'avenir nous réserve…

Dans tous les cas, nous ne devrons plus jamais nous séparer. Jamais…

ÉPILOGUE

La faible lueur d'une torche vient troubler, pour la première fois depuis de nombreuses années, la parfaite noirceur des lieux. Malgré l'accumulation de poussière et de toiles d'araignée, des inscriptions sont visibles sur les murs de cette petite chambre. Pied, vautour, soleil, cobra et plus encore… Toutes sortes de symboles constituent ces incroyables textes en hiéroglyphe. Au centre de la pièce, un sarcophage repose en silence depuis longtemps.

Un homme frêle s'avance précautionneusement vers le dernier repos du défunt pharaon afin d'y lire les inscriptions. Sa longue tunique blanche de prêtre est salie et légèrement déchirée par son long voyage, laissant voir une cicatrice en forme de croix à sa cheville droite. Après plusieurs jours à déambuler dans les couloirs sans fin de cette pyramide, affaibli, mais excité, il atteint enfin son but.

Alors que l'homme entreprend sa lecture, un faible craquement se fait entendre. Le bruit provient du couloir qu'il vient d'emprunter…

— Aa… Allô ?

Il n'obtient pour seule réponse que l'écho de sa propre voix. Il poursuit sa lecture, mais une étrange sensation l'envahit… Un sentiment… Un désir… Comme si une force tentait d'entrer en contact avec lui.

— Aken, est-ce toi ? Anubis ? Ne me… ne me punissez pas, implore-t-il d'une voix tremblotante. Certaines questions doivent trouver réponse…

Même s'il tente de poursuivre sa lecture pour pouvoir rapidement quitter les lieux, l'homme éprouve un désir de plus en plus grand d'ouvrir ce sarcophage, comme si on l'appelait à poser ce geste. Profaner un tombeau est un crime terrible, impardonnable, mais cette idée malsaine ne cesse de croître dans son esprit, malgré les efforts qu'il met à s'y opposer.

— Serait-ce là… La… la volonté des dieux ? Oui… Sans doute…

Le prêtre tremblant dépose sa torche à ses pieds et s'affaire à pousser le couvercle du sarcophage du pharaon. Déjà, la notion de profanation ne semble plus l'importuner ; seule cette voix dans sa tête guide maintenant ses actions.

Dès qu'une petite ouverture est créée, une épaisse fumée noire s'en échappe. L'homme s'étouffe, mais n'arrête pas de pousser. Une fois le couvercle suffisamment déplacé, le regard de l'homme se pose aussitôt sur une pierre irrégulière d'une intense noirceur posée sur le torse de la momie.

À nouveau, des bruits retentissent dans le couloir, à proximité cette fois. Des cliquetis sur le sol, comme si quelqu'un, ou plutôt quelque chose approchait. C'est alors que se dessine, dans la pénombre, une véritable vision d'horreur : de longues pattes noires d'araignées, le torse d'un homme à la peau verte, un visage rappelant celui d'un insecte menaçant et d'étranges pics sur tout le corps. La créature monstrueuse, de la taille d'un petit homme, s'avance, et derrière elle, sortant à leur tour de l'ombre, des dizaines d'abominations semblables la rejoignent. La vue de ces nouveaux venus suffit à complètement paralyser le prêtre de terreur.

Alors que les créatures se dirigent dans sa direction, le serviteur des dieux se crispe, un cri d'horreur tentant vainement de s'échapper de sa gorge. D'autres monstruosités de la sorte arrivent derrière les premières, se regroupant maintenant par dizaines. Plus elles sont nombreuses à pénétrer dans la salle, plus la pierre émet une lueur intense.

C'est alors que l'homme, sur le point de ne plus pouvoir supporter ce véritable cauchemar et cette envoûtante énergie maléfique, entend clairement dans sa tête :

— *Dis-moi ce que la peur est pour toi, que je lui donne vie!...*

GLOSSAIRE

ADRIA NADORG

Descendante des dragons née dans les années 5000, elle a passé sa vie sous un dôme avant d'être choisie pour remonter le Temps afin de sauver son grand frère et l'avenir de la planète. Elle possède les pouvoirs de l'eau, de l'air, et elle a appris très jeune à les combiner pour en faire de la glace. Elle a également reçu le don de voyance au cours de ses voyages.

IREF NADORG

Grand frère d'Adria, il a toujours tenté de veiller sur sa petite sœur, mais depuis qu'il l'accompagne dans ses voyages dans le Temps, il s'est découvert un côté plus taquin. Il est un pur descendant des dragons de feu et le combat ne lui fait pas peur.

SIRENDENVEL BRADAYALY (SIR BRAD)

Elfe noir du clan des Archers noirs né au Moyen Âge. Après qu'Adria l'ait sauvé de la mort, il a décidé de la suivre dans les dédales du Temps, avant d'en tomber amoureux. En plus de ses talents d'archer, de pisteur, sa langue bien pendue et son ouïe fine, l'implantation d'une puce cybernétique dans son cerveau l'a doté d'une force et d'une vitesse surhumaine.

JA-311

Petit robot familial rencontré aux alentours de l'an 3000. Il allie un savoir encyclopédique est des capacités de calcul extraordinaire à un caractère d'enfant. Suivant les codes de son programme, il a adopté Sir comme père et Adria comme mère. Il est d'une aide précieuse dans leurs voyages, même s'il tombe parfois sur les nerfs d'Iref. Pour se faire passer pour un vrai petit garçon durant leurs pérégrinations temporelles, il utilise un système de camouflage holographique.

DRAGOR

Seul et unique dragon d'or, né pour être le chef des dragons. Il possède des pouvoirs dont lui seul connaît l'étendue; il est le maître en Atlantide et dirige le Grand Conseil des Anciens. Il a déjà aidé nos héros de nombreuses fois dans le passé et est bienveillant pour eux, les considérants autant que ses semblables.

ÉDRYOLA

Ancienne des dragons d'eau.

C'est la plus jeune des Anciens. Sa nomination ne fait pas l'unanimité, mais c'est une véritable bouffée d'air frais sur le Grand Conseil. Elle est jeune, curieuse et une guérisseuse de grand talent.

Elle a été élue par les dragons d'eau. Ils sont reconnus pour leur préférence à nager, plutôt que voler. Leurs écailles plus molles et bleutées rappellent celles des créatures aquatiques et leur aura est fraîche. Leurs pouvoirs sur les eaux sont également accompagnés d'affinités pour les sorts de soins. Les plus puissants représentants de cette race contrôlent également la glace.

NATSUNOR

Ancien des dragons noirs.

C'est un dragon noir au corps particulièrement fin, ce qui lui donne une certaine grâce, ainsi qu'un déhanchement serpentin moins lourd que celui de ses comparses. Il joue du mystère et il est difficile de savoir où il se positionne vraiment dans tout ça.

Bien que la réputation malfaisante des dragons noirs soit discutable, elle n'est pas pour autant dépourvue du moindre fondement. Les dragons noirs, en plus de cracher de l'acide et d'avoir des affinités dans le contrôle des poisons et des substances toxiques, opèrent dans le domaine de la magie et de la connaissance avec les dragons blancs, mais ils étudient volontiers les sphères plus sombres, dédaignées par ces derniers. Sous leurs écailles noires et rugueuses, et derrière leurs yeux rouges, ces amateurs de marécages obscurs sont reconnus comme de fins stratèges ambitieux, ce qui ne les empêche pas de faire preuve de sagesse. Ils ont un sens du secret qui leur est particulier, mais se mêlent sans problème au reste de la communauté des dragons.

ASÉPHIR

Ancien des dragons de l'air.

Éminent membre du Grand Conseil qui a le don de savoir quand une argumentation doit être écourtée ou prolongée, Aséphir fait partie des dragons placés au Grand Conseil pour leur ancienneté. Il est aussi un père protecteur et sévère, mais aimant. Malheureusement, il est de ceux qui croient en la supériorité de la race des dragons et voit d'un mauvais œil l'arrivée de nos héros en Atlantide et, surtout, dans la vie de sa fille. Heureusement, sa confiance inébranlable en DragOR, le porte à la tolérance.

Les dragons de l'air sont, de loin, ceux dont le corps est le mieux taillé pour le vol. Leurs ailes sont les plus grandes et leurs silhouettes les plus aérodynamiques. Dans le ciel, ils ont la grâce des anges et peuvent parcourir des distances phénoménales en très peu de temps. Leurs écailles fines et mâtes, oscillant dans une palette de pastel vert, bleu et crème très pâle, les empêche d'éblouir leurs congénères une fois en plein vol. Ils maîtrisent l'air et les vents à la perfection, pouvant invoquer des tornades qui ébranleraient des montagnes ou simplement priver d'air leurs ennemis. Ils peuvent également suffisamment contrôler la température de leur souffle pour causer des brûlures ou répandre un froid glacial. Certains d'entre eux se retrouvent pourvus de dons divinatoires et de visions.

MATÉOPS

Ancien des dragons des montagnes.

Très attaché à la cause de nos héros et à celle des autres créatures de la Terre, Matéops est celui qui est le plus près de traiter les non-dragons en égale. Il est humble malgré son statut, mais n'a pas peur de tenir tête aux autres membres du Grand Conseil et il entrevoit l'avenir avec optimisme, malgré la menace. Matéops marie une robe d'écailles vert bouteille avec une crête jaune et des yeux de même couleur.

Les dragons verts des montagnes se reconnaissent aisément grâce à leur taille plus modeste que la plupart des autres dragons et leurs crêtes souvent colorées qui est rarement la même d'un dragon à l'autre. Leurs écailles, elles, peuvent passer par presque toutes les teintes de vert, sauf les plus pâles, allant même jusqu'au turquoise pour certaines femelles. Leurs yeux ont également un spectre de pigmentations très large, contrairement aux autres races de dragons, dont les couleurs des yeux et des écailles ne varient que très peu d'un individu à l'autre. Leur pouvoir particulier vient du fait que ces dragons ont la capacité de se métamorphoser à volonté. Ce sont donc les éclaireurs parfaits pour parcourir le monde des hommes et plusieurs d'entre eux s'en font une spécialité. Autrement, la teneur de leur souffle dépend de chaque individu, étant souvent liée aux autres races de dragons qui ont pu se mêler à leur arbre généalogique. Mais, malgré cela, très peu ont d'autres pouvoirs élémentaires, quoiqu'on dise qu'ils en ont le potentiel.

La légende raconte que presque tous les dragons que les chevaliers humains s'imaginent avoir vaincus étaient des dragons verts ayant maquillé leur mort ou leur disparition en changeant d'apparence pour se faire oublier.

ÉOMIRA

Jeune dragonne d'air, fille d'Aséphir, elle va rapidement se lier d'amitié avec Adria et les autres. Elle est friande des récits de leurs aventures et rêve de vivre des péripéties semblables.

FAROVAC

C'est un animal ressemblant plus ou moins à un énorme mouton. Les dragons en font l'élevage en Atlantide, c'est leur principale source de nourriture. Ils se servent aussi de leur laine pour faire des nids.

SPHÈRE D'ÉQUILIBRE

La Sphère d'Équilibre est une sorte de noyau d'énergie magique primaire. Elle garantit l'équilibre et la cohérence de l'énergie de la dimension. Les dragons l'ont jadis fragmentée afin de pouvoir stabiliser la faille entre leur dimension et celle de la Terre lorsqu'ils ont caché l'Atlantide.

LORNIC

Créature-univers voulant envahir et dévorer celui de nos héros, il cherche à s'emparer des fragments de la Sphère d'Équilibre.

Il utilise ses pouvoirs pour jouer avec les humains et leur faire faire le travail à sa place. Plus le chaos est installé dans notre dimension, plus la faille entre lui et la Terre s'agrandit, et plus il a de pouvoirs.

CAMILLE

Créature d'une autre dimension que nos héros ont secourue à la Renaissance. D'abord nommée «Maria» par la Guilde des Murmures, elle va changer de nom et prendre celui de la meilleure amie qu'avait Adria en l'an 5000. C'est une guerrière qui a déjà eu affaire à Lornic et dont l'apparence physique particulière ne laisse pas le moindre doute sur ses origines d'ailleurs.

DRAKE

Capitaine Francis Drake, surnommé «le Dragon».

Il n'est pas vantard de sa personne. Sa prestance et son assurance laisse entrevoir un capitaine brillant et confiant.

DORAC

Frère de Drake. Très ambitieux. Voulant réussir à tout prix, il est prêt à tenter l'impossible pour y parvenir.

SABRINA

Une capitaine pirate renommée, courageuse et, surtout, avec un grand égo. Son charisme et son charme semblent avoir un effet sur beaucoup d'hommes.

ONDINE

C'est la cheffe des sirènes du Triangle des Bermudes. Les dragons ont confié à son peuple la mission d'éloigner les humains du passage de l'Atlantide. Elle est âgée de plusieurs milliers d'années.

CORDÉLIA

C'est la reine du peuple des sirènes auquel les dragons ont confié un fragment de la Sphère d'Équilibre. Elle possède des cheveux teintés de violet attachés vers l'arrière à l'aide d'un morceau de corail. Ses yeux purs brillent d'une lumière bleutée qui se reflète sur son massif collier de perles. Elle porte un magnifique vêtement fabriqué d'un élégant amalgame d'algues blanches et semble plutôt jeune malgré que son âge se compte sûrement en siècles. Accompagnée de ses deux conseillères, elles forment « les Trois ».

MORGAD

Triton fort et fidèle. Il garde la cité des sirènes de l'archipel et il est un fier protecteur de la reine Cordélia.

ÉBRISUCTO

Cousin d'Adria appartenant à la lignée des dragons noirs. Après avoir manigancé de sombres plans par le passé dans l'intérêt des dragons noirs et perdu sa sœur jumelle Della lors d'un violent affrontement, il se retrouve aujourd'hui à œuvrer pour la même cause que DragOR en dirigeant une seconde équipe de voyage dans le Temps.

MAÏVA

Dragonne des montagnes, joviale et sympathique. Elle a des écailles vertes tirant sur le turquoise et une crête bleu pâle. Elle est ravie d'être membre de l'équipe d'Ébrisucto afin de pouvoir mettre à profit ses connaissances sur les humains.

CLUFF

Dragon de feu, il fait partie de l'équipe d'Ébrisucto, mais n'aime pas particulièrement se faire commander par un demi-dragon noir. Son caractère est bouillant, fidèle aux membres de sa race. Pour le taquiner, Maïva s'amuse à l'appeler « Cluffy »

DJAMINN.

Djinn, ou «génie», aux ordres d'Ébrisucto. Il a le torse d'un humanoïde, mais sa peau est verte émeraude. Les traits de son visage sont anguleux. Il porte de nombreux bijoux en or, un turban et une ceinture en tissu en bas de laquelle il n'y a pas de jambes, mais des volutes de fumée qui semblent rattachées à son corps.

ÉDITIONS

www.ada-inc.com
info@ada-inc.com

www.facebook.com/EditionsAdA
www.twitter.com/EditionsAdA